Petra Mattick

Einmal Kenia und zurück

Petra Mattick

Einmal Kenia und zurück

Roman

Projekte-Verlag
Cornelius GmbH

Impressum

1. Auflage
© Projekte-Verlag Cornelius GmbH, Halle 2009 • www.projekte-verlag.de
Mitglied im Börsenverein des Deutschen Buchhandels

Satz und Druck: Buchfabrik Halle • www.buchfabrik-halle.de

ISBN   978-3-86634-659-8
Preis: 12,90 EURO

Einmal Kenia und zurück

Die Condor setzt zur Landung an.
Mein Herz rast, ich habe Mühe zu atmen.
Daran ist nicht der Landevorgang schuld, nein, es ist dieses Übermaß an angestauter Sehnsucht nach einem Land, das mich seit fünf Jahren nicht mehr loslässt.
Wird alles sein, wie ich es in Erinnerung habe? Freundliche Gesichter, rote Erde, Hütten, von denen man nicht glauben mag, dass sie das Zuhause von Menschen sind, luxuriös ausgestattete Touristenunterkünfte und immer wieder dieses Lachen mit einem locker hingeworfenen „hakuna matata".
Aber auch Tränen, Tränen in den Augen Rammans.
Ein kurzes Rütteln der Maschine lässt mich aus meinen Tagträumen aufschrecken.
Angekommen. Kenia, meine Sehnsucht – Ramman, meine Liebe.
Passkontrolle. Mit zeitlupenähnlicher Geschwindigkeit kontrolliert der Kenianer hinter dem Schalter die Ausweisdokumente der ankommenden Reisenden.
Nach einem Blick in meinen Pass reicht er mir diesen mit einem grinsenden: „Welcome to Kenia, sweite Mal!"
Ich nicke nur freundlich, froh, das Flughafengebäude endlich verlassen zu können.
Mich empfängt schwülwarme Luft. Der Bus zum Hotel in Diani Beach steht schon für die Reisegruppe bereit. Heerscharen von Kofferträgern reißen den Ankommenden förmlich das Gepäck aus den Händen. Auf den zwanzig Metern bis zum Bus wechselt mein Koffer zwei- bis dreimal den Transporteur. Lachend lege ich meinen Obolus in die sich mir entgegenstreckenden Hände.
„Ahsante sana, Mama!"
Ja, ich bin in Afrika!
Mombasa.

Vorbei an Hütten, welche bei meinem ersten Besuch Magenkrämpfe bei mir ausgelöst hatten. Auch jetzt im Bus plötzlich betretenes Schweigen. Diesmal fühle ich mich jedoch den anderen Touristen überlegen. Ich erinnere mich an den Dorfältesten auf unserer Buschsafari, der uns voller Stolz durch seine neu erbaute Hütte geführt hatte, deren Inneres so dunkel war, dass man eine Einrichtung nur erahnen konnte. Auf der Fähre, dem Verbindungsglied der beiden Stadtteile der Hafenstadt Mombasa, wie damals so viele Menschen, dass man meinen könnte, ganz Afrika träfe sich hier zu einem Meeting. Wieder im Bus haben wir Mombasa längst hinter uns gelassen und fahren nun, vorbei an erdigen Hütten und prunkvollen Villen, in Richtung Diani Beach. Ab und an überquert eine kleine Ziegenherde die Fahrbahn. Matatus zischen in ständig überhöhter Geschwindigkeit und herausquellenden Menschenmassen an uns vorüber.

Das Hotel, eine kleine Oase! Die Sonne neigt sich bereits gen Indischen Ozean. Wie vor fünf Jahren umfängt mich ein berauschender Duft, Whirlpools sprudeln, exotische Pflanzen, so weit das Auge reicht.

„Jambo, Mama!" Ein Security tritt aus den Büschen.

„Jambo", antworte ich.

Ein Gefühl von Ruhe und Sicherheit legt sich wie ein sanfter Schleier um meine Seele. Ich bin zu Hause.

Eine halbe Stunde später umspülen verhalten rauschende Wellen meine Fußknöchel. Die anfängliche Euphorie ist längst einer lähmenden Enttäuschung gewichen.

Wie konnte ich nur glauben, Ramman stünde wie vor fünf Jahren am Ufer des Indischen Ozeans, um mich lachend, „Hi, wie geht's dir so, gut geschlafen?", zu begrüßen?

***

Nach einer kurzen Inspektion der Hotelanlage zog uns das Rauschen des unmittelbar angrenzenden Indischen Ozeans in seinen Bann.
Vier Bleichgesichter aus dem winterlichen Deutschland, Käse im Viererpack, potenzielle Neukunden. So wurden wir denn auch mit Schnäppchenangeboten, zum Höchstpreis, in Gestalt von Figuren aus Speckstein, Kangas in leuchtenden Farben und diversen Holzschnitzereien überschüttet.
Freundlich ablehnende Worte unsererseits bewirkten keineswegs den Rückzug der beiden Händler.
„Wir haben kein Geld dabei", log Hanna schließlich.
„Hakuna matata, morgen du kannst bezahlen."
So versprachen wir denn, am nächsten Tag noch einmal zu verhandeln, um unseren Spaziergang unbehelligt fortzusetzen. Doch schon heftete sich der nächste Tross, bestehend aus drei jungen Burschen, welche sich in lockeren Sprüchen gegenseitig übertrafen, an unsere Fersen.
„Pole, pole!", ermahnte einer der Männer Guido, als der spontan zu einem Dauerlauf am Strand ansetzte.
Um Mitternacht, zusammengerollt unter dem über unsere Betten gespannten Moskitonetz, hatten Sonya und ich bereits das Kernstück der afrikanischen Seele verinnerlicht:
Pole, pole und hakuna matata.
Am nächsten Morgen um zehn trafen wir uns mit unserer Reiseleiterin zum Einführungskurs: „Wie verhalte ich mich in Kenia?"
Anja, eine zierliche, rot gelockte Frau von zirka fünfundzwanzig Jahren, empfing die zwölfköpfige, deutschsprachige Reisegruppe in einem kleinen klimatisierten Raum neben der Restaurant-Bar.
Die aristokratische Blässe vom Vortag einiger Urlauber war bereits einem schmerzhaften Purpur gewichen, dicke Cremeschichten auf Lippen, Nase und Stirn kündeten von einer ersten Niederlage im Duell zwischen Lichtschutzfaktor und Äquatorsonne.

Als alle Anwesenden längst in den kühlen Sesseln lehnten, erschienen in der Türöffnung zwei korpulente Frauen mittleren Alters, in ihrer verblüffenden Ähnlichkeit unschwer als Zwillinge auszumachen, gefolgt von einem schlanken, kahl geschorenen, offensichtlich jüngeren, in ungewisser Zuordnung zu den Damen stehenden Mann. Mit einem entschuldigenden Lächeln schoben sich alle drei nebeneinander auf die noch freien der abgezählten Sessel. Derart aufgereiht erstrahlte der Raum augenblicklich im Funkeln derer hochkarätiger Geschmeide.
Sodann ließ Anja in blumigen Worten eine Welt voller Farben und Mystik vor den Augen ihrer Zuhörer entstehen. Sie sprach von den Tieren der Savanne, dem Schnee auf dem Kilimanjaro und von dem bunten Völkergemisch in den Städten. Und sie sprach, mit einem Seitenblick auf das Goldtrio, auch von der großen Armut unter der Bevölkerung. In Richtung unseres vierblättrigen Kleeblatts weisend, ermahnte sie die übrigen Anwesenden, es uns gleichzutun und den Goldschmuck im Hoteltresor zu deponieren. Zwar verfügte keiner von uns auch nur über eine Goldkrone, dennoch ließen wir Anjas Worte widerspruchslos im Raum verhallen.
„Ihre Spaziergänge am Strand können Sie nach rechts unbegrenzt ausdehnen. Linkerseits bleiben Sie jedoch bitte vor dem angrenzenden Fluss. Dahinter könnten Sie möglicherweise auf böse Buben treffen."
In ihre mit ernster Miene vorgetragenen Ausführungen schlich sich ein angedeutetes Lächeln.
„Vor Einbruch der Dunkelheit kehren Sie bitte in Ihr Hotel zurück. Wenn Sie meine Hinweise und Ratschläge beherzigen, werden Sie eine unvergessliche Zeit in Kenia verbringen."
Damit entließ sie uns in ein ungewisses Urlauberschicksal.

Sie erkannten uns sofort wieder, die Händler vom Vortag, als wir am Nachmittag an den Strand hinuntergingen. Hanna,

Sonya und ich liefen miteinander schwatzend hinter Guido her, als einer der beiden direkt auf Guido zusteuerte.

„Jambo, Papa", begrüßte er ihn und ließ seinen Blick sodann interessiert von einer Frau zur anderen wandern.

„Alle deine Mama?" Ein breites Grinsen verwandelte seine Augen in schwarze Schlitze.

„Ja", bestätigte Guido.

„Oh, Kollege Kapitalist!", nickte der Kenianer anerkennend. Sein Kumpel hatte unterdessen eine Schaufensterauslage auf feinem Sand improvisiert. Kangas in leuchtenden Farben, Schmuck aus Holz- und Glasperlen sowie Specksteinfiguren und Holzschnitzereien zwangen uns in die Knie. Mir gefiel alles, dennoch entschied ich mich, wie auch Sonya und Hanna, lediglich für eine farbenprächtige Kanga. Schließlich wollten wir uns noch ein paar Optionen offenhalten.

Guido, in der misslichen Lage sich keine Kanga um die Hüfte wickeln zu können, tat sich schwer in seiner Entscheidungsfindung. Letztendlich fiel seine Wahl auf einen bunt bemalten, gedrungenen Holzmassai.

Mit dem Gefühl höchster Zufriedenheit auf beiden Seiten, die Händler glücklich über ihren Verkaufserfolg, wir beseelt in der Zuversicht, unseren bescheidenen Beitrag zum Aufschwung der kenianischen Konjunktur geleistet zu haben, gingen wir schließlich auseinander.

Sichtlich erschöpft ließen Hanna und Guido zunächst ihre Schnorchelausrüstung neben und dann sich auf die Liegen am Pool fallen.

„Die Unterwasserwelt des Indischen Ozeans ist einfach überwältigend!", schwärmte Hanna. „In der Tat!", pflichtete ihr Guido bei. „Es käme einem Frevel gleich, Kenia ohne diese Erfahrung zu verlassen."

Sonya und ich blickten von unserer Lektüre auf. Schon mehrfach hatten wir uns über die Urlauber, welche Enten gleich, *Köpfchen in das Wasser, Schwänzchen in die Höh'*, im Wasser herumpaddelten, lustig gemacht. Als eingeschworene Antischnorchler konnten wir uns beim besten Willen nicht vorstellen, was jene anderes sehen sollten als wir beim Durchwaten des seichten Wassers.

„Wollt ihr es nicht doch einmal probieren? Ich bin überzeugt, dass ihr es nicht bereuen werdet", hakte Guido hartnäckig nach.

„Wie schon gesagt,", meldete sich Sonya, „vom Schnorcheln haben wir nicht die geringste Ahnung."

Guido lachte.

„Dabei handelt es sich, weiß Gott, nicht um eine höhere Wissenschaft. Die erforderlichen Grundkenntnisse können Hanna und ich euch in einem zehnminütigen Crashkurs vermitteln."

Sonya warf mir einen fragenden Blick zu.

„Na gut", erklärte ich kapitulierend, „heute Nachmittag besorgen wir uns die Schnorchelausrüstung."

Taucherbrille, Schnorchel und Schwimmflossen unter den Arm geklemmt, suchten Sonya und ich auf dem Rückweg von der Ausleihstation zunächst unser Hotelzimmer auf. Sozusagen in einer ersten Testphase legten wir, unter Ausschluss der Öffentlichkeit, zu unserem Badeanzug die soeben erworbene Ausrüstung an. Wiederholt über die eigenen Flossen stolpernd, standen wir uns schließlich Froschmann-like gestylt gegenüber. Es dauerte nur den Bruchteil einer Sekunde, als ich mich, den Schnorchel einem drohenden Erstickungstod zuvorkommend aus dem Mund reißend, auch schon in unbändigem Lachen bog.

Durch die ihr Gesicht fast völlig bedeckende Taucherbrille hindurch glotzten mich Sonyas aufgerissene Augen, vorbei an dem hochgestellten Schnorchel, an. Ein für mich an Komik kaum zu überbietender Anblick!

Doch erst, als sich auch Sonyas Körper in einem hemmungslosen Lachkrampf wand, wurde mir bewusst, was *sie* sah.

Allein die Vorstellung dessen ließ eine weitere Lachlawine über mich hinwegrollen.

Inzwischen lagen wir, nur noch die riesigen Flossen über die Füße gestreift, jauchzend auf unseren Betten.

„Ich stelle mir gerade vor, wie ich in diesem Aufzug eine Dienstberatung vor meinen Mitarbeitern abhalte", stöhnte Sonya mit vor Lachen erstickter Stimme, während ich nur noch eines unbeherrschten Kreischens mächtig war.

Restlos ausgepumpt nahmen wir schließlich unseren Urlaubsalltag wieder auf.

„Vielleicht könnten wir schon einmal einen Blick durch die Brille ins Wasser wagen?", schlug Sonya vor. Gesagt, getan. Aufgrund der momentanen Ebbe mussten wir weit hinaus laufen, um ins offene Meer zu gelangen.

Ich setzte die Brille auf und tauchte mein Gesicht in das grün schimmernde Wasser. Erstaunt registrierte ich augenblicklich, dass sich der Meeresboden viel tiefer erstreckte, als ein Blick durch die Wasseroberfläche hindurch erkennen ließ.

In gebückter Haltung, *Schwänzchen in die Höh'*, schob ich mich, meinen Blick unverwandt auf den Meeresboden gerichtet, voran, bis mir ein winziger, zartblauer Korallenzweig entgegen schimmerte. Außer mir angesichts jener überwältigenden Entdeckung richtete ich mich auf, um Sonya, die sich einige Meter entfernt auf Streifzug befand, mit meinem grandiosen Fund zu überraschen. Doch die winkte mich bereits aufgeregt zu sich. So schnell es ging, kämpfte ich mich gegen den Widerstand des Wassers voran.

„Ich habe zwei bunte Fische gesehen!", jubelte Sonya, als ich sie endlich erreicht hatte. „Hoffentlich sind die noch da!"

Handtellergroß, von leuchtendem Gelb, umkreisten sie uns zutraulich einige Male, bevor sie endgültig unserem Unterwasserblick entschwanden.

Unser Jagdinstinkt war geweckt. Wir wollten Fische sehen, viele bunte Fische!

In gespannter Erwartung freuten wir uns auf den eigentlichen Schnorchelgang am nächsten Tag, gemeinsam mit Hanna und Guido.
Gleich nach dem Frühstück zogen wir los. Nach einem knapp zwanzigminütigen Fußmarsch rechterseits des Hotels am Strand entlang, erreichten wir den nach Hanna und Guidos Erfahrung günstigsten Zugang zum Meer.
Während sich Sonya als sehr gelehrig erwies, bereitete mir die ausschließliche Mundatmung Probleme, weshalb mich Guido immer wieder im flachen Wasser abtauchen ließ.
Neben mir herlaufend überwachte er aufmerksam mein Unterwasserverhalten, bis wir schließlich beide von meiner Schnorcheltauglichkeit überzeugt waren.
Abenteuerlustig warf ich mich sogleich bäuchlings ins Wasser, um tatsächlich nach wenigen Schwimmbewegungen in eine bizarre, geheimnisvolle Welt einzutauchen:
Rosafarbene Korallen wiegten ihre Arme sanft schwebend, Schwärme kleiner blauer und schwarz-gelbgestreifter Fische zogen an mir vorüber. Ein Seeigel bohrte seine schwarz glänzenden Stacheln durch das dichte Geflecht aus Algen.
Ich schwamm durch ein Meer leuchtender Farben und absonderlicher Silhouetten. Gefangen in einem einzigen Sinnesrausch, strebte ich weiter und weiter voran. Ein etwa karpfengroßer, gelber, seitlich schwarz gemaserter Fisch schwamm unvermittelt auf mich zu, gerade so, als wolle er mich attackieren. Erschrocken wich ich ihm aus.
Die Korallen unter mir leuchteten inzwischen in mattem Blau. Um einen halb verborgenen, schwarz getupften, kugeligen Fisch besser beobachten zu können, näherte ich mich dem stark verzweigten Korallenstock. Neugierig spähte ich in die schmale Aushöhlung, welche den Blick auf den Meeresboden freigab. Jedoch statt der erhofften, farbenprächtigen Fische, gewahrte ich im selben Moment die zusammengerollt am Boden liegende, quer gestreifte Schlange.

Augenblicklich von grenzenloser Panik erfasst, vollführte ich eine ruckartige Kehrtwende, wodurch mir im Nu salziges Meerwasser in Mund und Nase quoll. Pausenlos hustend und röchelnd realisierte ich erst wie weit ich mich bereits vom Ufer entfernt hatte, als ich den Kopf über die Wasseroberfläche hob. Die Vorstellung, dass die Schlange jederzeit emporschnellen könnte, ließ meine Arme und Beine in einem hektischen, unkoordinierten Gegeneinander agieren. Dem offenbar unvermeidbaren, sprichwörtlichen Untergang geweiht, kämpfte ich mich dennoch verbissen dem in endloser Ferne scheinenden Ufer entgegen, als plötzlich eine Hand unter meinen Ellenbogen griff.

„Ruhig, ganz ruhig", vernahm ich Guidos besänftigende Stimme. „Wir schwimmen jetzt gemeinsam an Land."

Auch wenn mir bislang jedweder Glaube an Engel unterschiedlichster Zuständigkeit gefehlt hatte – in just jenem Augenblick hielt ich deren Existenz für unbestritten!

Mich mit einem Arm über Wasser haltend, zog mich Guido neben sich her ans Ufer. Völlig außer Atem ließ ich mich in den heißen Sand fallen, während sich Guido zu mir setzte. Doch noch bevor er etwas sagen oder fragen konnte, standen Hanna und Sonya neben uns.

„Was war denn los? Ist etwas passiert?", erkundigte sich Hanna besorgt.

Eine Frage, welche offensichtlich auch Guido auf der Zunge brannte, wie sein Blick verriet.

„Es war einfach märchenhaft. Ihr könnt euch nicht vorstellen, was für unglaubliche Dinge ich gesehen habe", schwelgte ich in Erinnerung an den angenehmen Teil meiner Unterwasserexpedition, als hätte ich soeben das Schnorcheln als Freizeitvergnügen erfunden.

„Aber dann lag da plötzlich diese zusammengerollte Schlange. Einfach entsetzlich!"

„Da hörst du es!", wandte sich Hanna mit einem triumphierenden Unterton in der Stimme an Guido. „Ich hatte mich

also doch nicht geirrt, als ich dir gestern erzählte, eine Schlange gesehen zu haben."
„Ich weiß nicht", bemerkte Guido zweifelnd, „eigentlich dürfte es in dieser Region keine Seeschlangen geben. Und wenn doch, so sind sie sicher ungefährlich." Sein „Eigentlich" trug nicht wesentlich dazu bei, Sonyas, Hannas und vor allem meine Zweifel zu besänftigen.
Während des gesamten Schnorchelgangs waren Hanna und Guido, sowohl von Sonya, als auch von mir völlig unbemerkt, nicht eine Sekunde von unserer Seite gewichen.
„Mit Sicherheit gibt es niemanden, der sich der Faszination eines Tauchgangs entziehen kann", sinnierte Guido. „Und insbesondere Anfänger werden unter diesen ungewohnten Eindrücken mitunter regelrecht von tranceähnlichen Zuständen heimgesucht. Erinnerst du dich noch an unser *erstes Mal*?", wandte er sich mit einem Schmunzeln an Hanna.
Die lachte auf.
„Ja, wenn mich mein damaliger Kopilot nicht gestoppt hätte, hätte ich ganz beiläufig den Atlantischen Ozean durchquert." Doch trotz dieser und ähnlicher aufmunternder Anekdötchen wirkte die unfreiwillige Begegnung mit der Schlange nach: Künftige Meereserkundungen bewegten sich bei mir ab sofort bei einer Wassertiefe zwischen Nabel und Brustansatz.

Da es Sonya als ein Höchstmaß an Entspannung und Glückseligkeit empfand, sich mit einem dicken Schmöker in der Hand auf der Liege am Pool zu aalen, ich hingegen nur durch körperliche Aktivität in solcherart Hochgefühl geriet, ging ich für gewöhnlich allein an den Strand. Auf der Suche nach verborgenen Schätzen des Indischen Ozeans schritt ich durch das seichte Wasser. Bunte, zartrosa oder grün gesprenkelte Schneckengehäuse, manchmal ein Stück vergilbter Koralle, ein von den Gezeiten flach gelutschter Stein – jedes ein Kleinod. An meiner Seite wieder dieser Schwarze mit der bunt gehäkelten

Jamaikanermütze auf dem Kopf. Ich hatte keine Lust, mich mit ihm zu unterhalten, was er als schlechte Laune deutete. „Du machst Holiday, warum dann du hast schlechte Laune?" Nein, ich hatte keine schlechte Laune. Aber er würde wohl kaum verstehen, dass ich den Anblick des unendlichen Ozeans mit seinem Türkis, dem manchmal zart schimmernden Blau, dem Aufbäumen der Wellen bei einsetzender Flut, dass ich dieses Bild für immer mit mir nehmen wollte.
Nachdem ich es vorzog, auf keine seiner Fragen mehr zu antworten, lief auch er stumm neben mir her. Als spräche er mit sich selbst, hörte ich ihn unvermittelt murmeln: „Ein Mann, ein Wort – eine Frau, ein Wörterbuch!"
Wo hatte er das aufgeschnappt? Ich musste schallend lachen. Das Eis war gebrochen. Im Schatten einer Palme schrieben wir unsere Namen in den Sand: Steffi. Ramman.
Von nun an war er mein ständiger Begleiter. Meine anfänglich ablehnende Haltung ihm gegenüber wich langsam einer angenehmen Gelöstheit. Er lief stets vor mir durchs Wasser, spähte mögliche Gefahren und Hindernisse aus. An manchen Stellen des Ozeans bestand er darauf, dass ich Turnschuhe trug. Auf meinen Protest hin, er trüge ja auch keine, war seine Antwort: „Hast du Lederhaut? Nein! Also, nimm diese Schuhe!"
Seine Fürsorge tat mir gut. Er war klug, witzig und schlitzohrig, und in der Tiefe seiner schwarzen Augen lag ein unergründliches Funkeln.

Allabendlich, im Anschluss an das Abendbüfett, stand es den kulturhungrigen Gästen frei, ihrer Leidenschaft unter freiem Himmel zu frönen.
Schlangenbeschwörer, Akrobaten und europäisch anmutende Fanfarenzüge überließen an diesem Abend die kreisrunde, zu ebener Erde gelegene Bühnenfläche aus Beton einer aus acht Massaikriegern bestehenden Gruppe.

Deren langes, zu Zöpfen geflochtenes, rot gefärbtes Haar war in perlenbestickten Kopfschmuck eingebunden. Mit Schild und Speer ausgerüstet, erinnerten sie an den längst verblichenen Glanz einstiger Gladiatoren.
„Wie groß mögen die wohl sein?", flüsterte mir Sonya zu.
„Keine Ahnung, aber bestimmt um die Einsneunzig", entgegnete ich, ebenfalls flüsternd, fasziniert von dem eindrucksvollen Kontrast der leuchtend roten, um die Körper gewickelten Tücher, zu der tiefschwarz glänzenden Haut.
Nachdem sich die Tänzer jeweils zu viert hintereinander in Position gebracht hatten, vollführten sie, von dumpfen Ausrufen begleitet, zunächst unspektakuläre Sprünge mit geschlossenen Beinen aus dem Stand heraus. Doch nach und nach gewannen jene an solcher Höhe, dass sich die bewundernden Ausrufe der Zuschauer unüberhörbar unter die dumpfen der Darbietung mischten. Mit ihrem unbewegten Gesichtsausdruck und der kriegerischen Aufmachung wirkten die Massai Furcht einflößend auf uns.
„So einem möchte ich nicht im Dunkeln begegnen!", bemerkte Sonya deshalb, was uns jedoch keineswegs davon abhielt, uns voller Wonne zu gruseln.

Inzwischen suchten Ramman und ich regelmäßig den zwanzig Minuten vom Hotel entfernten Fluss mit dem verbotenen Hinterland auf. Bei dem Fluss handelte es sich um ein zirka zehn Meter langes und fünf Meter breites Sandbett. Erst die Flut, welche in ihrer unbändigen Gewalt riesige Wassermassen gen Ufer wälzte, verwandelte jenes in einen imposanten Fluss. Da der Boden des solcherart geschaffenen Flusses weitestgehend frei von Korallen und sonstigem scharfkantigen Geröll war, bot er ideale Voraussetzungen zum Schwimmen und Herumtollen und eine hohe Baumgruppe entlang seines südlichen Ufers warf zudem angenehmen Schatten.
Übermütig tollten wir miteinander im sprudelnden Wasser des Flusses herum, Ramman zumeist auf Tauchgang in der

Ausübung zufälliger Unterwasserattacken auf meine Beine. Die Strömung zum offenen Ozean hin hatte sich mit der einsetzenden Ebbe bereits spürbar verstärkt, sodass Ramman schließlich darauf bestand, den Fluss zu verlassen.
Doch augenblicklich regte sich in mir ein lächerlicher Trotz, ihm zu widersprechen. Wie kam dieser Schwarze, den ich kaum kannte, dazu, mir irgendwelche Auflagen zu diktieren? Nein, ich blieb! So schwamm Ramman denn allein an Land, mich jedoch, wie ich verstohlen beobachtete, keine Sekunde aus den Augen lassend. Sicherheitshalber hielt ich mich in Ufernähe auf, unter vorgeblichen Schwimmbewegungen durch das zusehends flacher werdende Wasser staksend, als mir plötzlich der Boden unter den Füßen entglitt. Nun hielt ich es ebenfalls für angebracht, Rammans Beispiel zu folgen.
Ich hatte mein Ziel fast erreicht, als mich ein heftiger Strudel der Länge nach hinschlagen ließ. Ramman machte einen Schritt aufs Wasser zu und streckte mir seine Hand entgegen. Doch schon meldete er sich zurück, jener lächerliche Trotz. Ich wandte Ramman den Rücken zu, um mich noch einmal zur Flussmitte zu begeben. Aber schon der erste Schwimmversuch endete in einem chaotischen Trudeln. Von lähmendem Entsetzen erfasst, versuchte ich erneut, mühsam einen Fuß vor den anderen setzend, das Ufer zu erreichen. Diesmal inständig hoffend, dass er mir seine Hand reichen möge. Und da waren sie, zwei schwarze Hände, welche mich angst- und kraftvoll zugleich an Land zogen.
Der Schreck saß mir noch in den Gliedern, als ich nach Atem ringend endlich festen Boden unter meinen Füßen spürte. Ramman stand so nah vor mir, dass sich unsere Gesichter fast berührten. Langsam hob er seine Hände. Als sähe er jene zum ersten Mal, musterte er sie unverwandt. Dann fragte er, seinen Blick auf mich gerichtet: „War schlimm?"
Noch nie in meinem Leben hatte ich mich so geschämt! Zwei Tränen, aus Wut und Scham geboren, rannen plötzlich über

meine Wangen. Mit weichen Lippen fing Ramman sie auf. In seinen Armen wichen Traurigkeit und Trotz und unsere Münder verschmolzen in einem ersten, salzigen Kuss.

Herr und Frau Wengler aus Göttingen, ein attraktives Paar in den Fünfzigern, waren immer die Ersten am Pool. Von den Einheimischen unterschieden sie sich nur noch durch ihre europäischen Gesichtszüge. Beide gehörten zur Spezies jener Mitbürger, welche die Qualität ihres Urlaubs nach der Tiefe ihrer Körperbräune bemisst. Obwohl hinderlich bei der täglichen Grillorgie, trennten sich beide nie von ihrem aufgesteckten und herabhängenden Zubehör. Herr Wengler trug neben einer massiven Goldkette ein ebensolches Armband sowie einen protzigen Siegelring. Frau Wengler glänzte der Sonne mit gleich mehrfach beringten Fingern Konkurrenz, dazu ein apartes Kettchen zu passenden Kreolen.

Als sich der Feuerball langsam seinem Ozeanbett zuneigte, beschloss Familie Wengler, noch einen kleinen, tagesausklingenden Spaziergang zu unternehmen. Zünftig gekleidet, er in weißen Bermudashorts, Hawaiihemd und breitkrempigem Strohhut, sie im knöchellangen, der Bräunungsbeschleunigung nicht sehr förderlichen Seidenrock, einer weißen Plisseebluse und einem modischen, mit Kunstblumen gespickten Popelinehütchen, schlenderten sie in Richtung Strand davon.

Sonya und ich zogen uns zu unserer Abend vorbereitenden Körperpflegezeremonie zurück.

In zwei Stunden würde das Abendbüfett eröffnet, und da jede von uns ihr Limit, ich ein wenig mehr, beanspruchte, war es an der Zeit, unser Hotelzimmer aufzusuchen.

Während ich, in ein Badetuch gehüllt, noch mit dem Föhnen meines Haars beschäftigt war, schlenderte Sonya schon im duftigen Sommerkleid betont gelangweilt zwischen Wohnraum und Terrasse hin und her.

„Ich weiß, dass dich mein stundenlanges Styling nervt, aber du siehst ja selbst, dass die machen, was sie wollen", bemerkte ich, indem ich mit gespreizten Fingern durch mein aufgebauschtes Haar fuhr.

„Ja, ja, schon gut, Kleene, lass dir Zeit. Allerdings ist es mir schleierhaft, warum du dich seit Jahren diesem Stress aussetzt. Warum schneidest du die nicht einfach ab? Würde dir bestimmt gut stehen!"

„Meinst du wirklich?"

Ich trat einen Schritt näher an den Spiegel heran, um mich zu betrachten. Nein, was zu Sonyas hohen Wangenknochen sehr hübsch wirkte, kam für mich nicht in Frage. Im Gegensatz zu ihr trug ich mein Haar seit jeher lang. So gehörte es zu mir, wie die großen, kornblumenblauen Augen, um welche ich sie schon als Teenager beneidet hatte, zu Sonya.

„Was soll's? Heute Abend werde ich keine Hochzeit mehr verspielen." Gleichgültig legte ich den Föhnkamm auf die Kommode.

Nachdem ich mir ebenfalls ein leichtes, kleingeblümtes Kleid übergestreift und meine Handtasche unter den Arm geklemmt hatte, wandte ich mich zu Sonya auf der Terrasse um.

„Von mir aus können wir gehen und sag' nicht immer Kleene zu mir!", rief ich ihr zu.

Mit Dreizehn hatte Sonya mich um eine Kopflänge überragt. Doch obwohl sich unsere Körpergröße im Laufe der Jahre nahezu angeglichen hatte, bereitete es ihr noch immer ein diebisches Vergnügen, mich solcherart zu foppen.

„Is' gut, Kleene!", lachte sie, indem sie ins Zimmer trat und im Gehen nach ihrer Handtasche auf dem Bett griff.

Als wir das Restaurant betraten, winkten uns Hanna und Guido von dem für diesen Abend bereits vereinnahmten Tisch zu. Kaum, dass wir saßen, fragte Hanna aufgeregt: „Habt ihr schon von der Sache mit den Wenglers gehört?", und man merkte ihr an, dass sie hoffte, wir hätten nicht.

„Nein, was denn?"

Nun sprudelte, entgegen ihres ausgeglichenen Naturells, ein einziges Kauderwelsch aus ihrem Mund hervor, dessen Sinn uns weitgehend verborgen blieb. Schließlich nahm Guido mittels diplomatischer Winkelzüge das Gespräch an sich.

Von ihren Zimmernachbarn, welche wiederum ein distanziert freundschaftliches Verhältnis zu den Wenglers pflegten, hatten sie Folgendes erfahren:

Herr und Frau Wengler schlugen auf ihrem Spaziergang den Weg zum Fluss ein. Da sowohl noch vereinzelte Touristen als auch Einheimische unterwegs waren und man den Fluss aufgrund der momentanen Ebbe durchwaten konnte, erschien es ihnen völlig unbedenklich, einen kleinen Vorstoß in das idyllisch anmutende, tabuisierte Hinterland zu wagen.

Sie befanden sich bereits außer Sichtweite zum Fluss in nunmehr menschenleerer Gegend, als sie zwei Schwarze mit je einer Machete in der Hand wahrnahmen, welche ihnen schon seit geraumer Zeit in unverändertem Abstand gefolgt waren. Für Kenianer, die stets um den Kontakt zu Touristen wetteifern, eine äußerst ungewöhnliche Verhaltensweise. Zunehmend beunruhigt entschied sich das Paar schließlich zur Umkehr. Augenblicklich waren die Kenianer stehen geblieben. Sobald sich die Wenglers auf gleicher Höhe zu jenen befanden und soeben mit einem freundlichen „Jambo" auf den Lippen vorübergehen wollten, wurde ihnen plötzlich der Weg verstellt. Und dann begann für Herrn und Frau Wengler ein Alptraum, welchen beide minutiös, mit absoluter Kongruenz, gleichzeitig träumten.

Zunächst forderten die beiden mit undurchdringlicher Miene durch unmissverständliche Gebärden das Paar auf, sich seines unverzichtbaren Goldschmucks zu entledigen. Dann wechselte die gesamte Garderobe Herrn Wenglers, bis auf die Badehose, den Besitzer. Nach einer kurzen, im Flüsterton geführten Zwiesprache der Ganoven musste sich auch Frau

Wengler ausziehen. Als jedoch einer der beiden fordernd auf das Oberteil ihres lachsfarbenen, sündhaft teuren Bikinis zeigte, vergaß Frau Wengler ihre bis dahin alles beherrschende Angst. Unter Aufbietung letzter Kraftreserven schrie sie den verdutzt Zurückweichenden an, dass sie auf gar keinen Fall nackt ins Hotel zurückkehren würde.

Die Diebe ließen es tatsächlich dabei bewenden und hasteten, ihre Beute in zwei mitgeführten Plastebeuteln verstaut, davon. Der Spuk war vorüber. Nur noch unerträgliche Stille rundherum, keine Menschenseele weit und breit. Selbst der Ozean wagte nur ein dumpfes Grollen in der Tiefe.

Frau Wenglers Beine versagten urplötzlich ihren Dienst. Wie ein Stein plumpste sie in den weichen Sand und ihr Körper zuckte in einem verhaltenen Schluchzen. Ihr Mann beugte sich zu ihr nieder und legte schützend den Arm um ihre Schultern, in ruhigem Tonfall auf sie einredend. Alles sei noch einmal gut gegangen und sie hätten nichts verloren, was nicht zu ersetzen sei.

Allmählich spürte Frau Wengler die Kraft in ihren blutleeren Körper zurückkehren und beide setzten, nun schon viel gefasster, den Weg zum Hotel fort.

Von einer Anzeige, so erfuhren wir später, hatte das Paar Abstand genommen und zwei Tage nach jenem Vorfall die planmäßige Heimreise nach Deutschland angetreten.

„Hi, wie geht's dir so, gut geschlafen?", begrüßte mich Ramman mit der immer gleichen Floskel, während er lachend auf mich zu schlenderte. Seine kinnlange Rastamähne wippte im Gleichklang seiner Schritte und zum ersten Mal wurde mir bewusst, wie schön er war.

Seine Gesichtszüge waren von ungewöhnlicher Ebenmäßigkeit, wenn er lachte, legten seine vollen Lippen strahlend weiße, wie zu einer Perlenkette aufgereihte Zähne frei und seine Augen schienen wie mit Kajal umrandet. Sein

gesamter, fast grazilier Körper schien nur aus Muskelmasse zu bestehen.
Allerdings hatte sich die in seinem Fall mit der Verteilung von Schönheitsattributen so großzügig verfahrene Natur bezüglich seiner Größe offenbar ihrer Verschwendungssucht besonnen, denn bei meinen Einsvierundsechzig überragte er mich lediglich um etwa eine halbe Kopflänge. Ein winziger Makel, welchen er, der Dreißigjährige, wiederum durch sein deprimierend junges Aussehen wettmachte.

Seinen Lebensunterhalt bestritt Ramman mit dem Verkauf von Holzschnitzereien, welche er aus einer Werkstatt in Ukunda auf Provisionsbasis bezog. In seinem eigens dafür eingerichteten Verkaufsstand am Strand sah ich ihn allerdings nur selten. Meist lümmelten dort zwei bis drei stets schläfrig wirkende junge Burschen herum.

Um nicht zur willkommenen Melkkuh zu avancieren, bediente ich mich gleich zu Beginn unserer Bekanntschaft einer sehr wirkungsvollen Notlüge. Ich erzählte ihm, dass ich nicht sehr wohlhabend sei und für diese Reise viele Jahre hätte sparen müssen. In Wahrheit lief meine kleine Modeboutique, welche ich mit Ivonne, einer begnadeten Designerin betrieb, seit Jahren sehr gut.

Dank ihrer Kreativität mangelte es uns nicht an lukrativen Aufträgen.

Doch meine Botschaft war angekommen: Er bat mich nie auch nur um einen Schilling.

„Heute ich will, dass du mit mir essen gehst in Ukunda."
Hieß das nun, dass ich ihn oder er mich einlädt? Egal.
Wie verabredet, trafen wir uns Punkt zwölf vor dem Hotel, um mit dem bereits wartenden Matatu in die zirka fünf Kilometer entfernte Stadt zu fahren. Als wir das Matatu bestiegen, befanden sich schon vier Fahrgäste darin. Zwei junge Mädchen auf der hinteren Sitzbank, welche für fünf Personen ausgelegt war, ein schlanker, junger Mann auf der mittigen

Dreierbank und ein etwas fülliger Endvierziger auf der Fünfervorderbank. Ramman und ich setzten uns auf die verbliebenen Plätze der Dreierbank.

Bis zur Abfahrt stiegen noch drei lachende, heftig gestikulierende Halbstarke ein, welche zu den jungen Mädchen auf die Hinterbank kletterten, und zwei korpulente, in bunte Kanga gehüllte Mamas, von denen sich eine auf die Vorderbank und die andere auf den Sitz neben uns schob. Nachdem der Fahrzeugbegleiter von allen Insassen das Fahrgeld eingesammelt hatte, Ramman zahlte für uns beide den auch für kenianische Verhältnisse moderaten Preis von dreißig Cent pro Person, stellte er sich, sich mit einer Hand am Dach festhaltend, in die Türöffnung auf das außen angebrachte Trittbrett. Sein kurzes Klopfen auf das Autodach ließ das Matatu wie aus der Poleposition davon schießen.

Jene Schussfahrt endete jedoch nach wenigen hundert Metern, um weitere Fahrgäste aufzunehmen. Zu uns gesellten sich zwei zirka neunjährige Mädchen in blau-weißer Schuluniform und eine junge schwangere Frau, welche allesamt auf den noch vorhandenen Sitzen der Vorderbank Platz nahmen. Als der Fahrer gerade zur Weiterfahrt ansetzen wollte, winkte von der gegenüberliegenden Straßenseite ein heranhinkender, älterer, in einen schwarzen Sonntags-Ausgeh-Anzug gezwängter Herr.

Die wohlbeleibte Mama neben mir machte dem Herren beflissen Platz, indem sie einen kraftvoll-energischen Ruck in Richtung Fenster vollführte, sodass Ramman und ich gnadenlos gegen den jungen Mann geschleudert wurden, den nur das geschlossene Fenster davor bewahrte, aus dem Fahrzeuginneren katapultiert zu werden.

Endlich war das Matatu voll besetzt und wir konnten unsere Fahrt nach Ukunda nun ohne weitere Unterbrechungen, wenn auch nicht gerade sehr entspannt, fortsetzen. Dachte ich! Denn bereits nach wenigen Metern Fahrt hielten wir erneut.

Am Straßenrand warteten zwei, in traditionelle Kleidung gehüllte, baumlange Massai und drei etwa zehnjährige Jungen. Ich nahm an, dass unser Fahrzeugbegleiter ihnen freundlicherweise mitteilen wolle, dass sie sich um eine andere Mitfahrgelegenheit kümmern müssten. Jedoch weit gefehlt! Alle stiegen nacheinander ein.

Einer der beiden Massai platzierte sich im Gang neben der Abschlusskante unserer Bank und beugte, da er im Matatu unmöglich aufrecht stehen konnte, seinen Oberkörper im rechten Winkel über uns Sitzende, wodurch sich sein Gesicht fast auf gleicher Höhe zu meinem befand. Sein Kumpel nahm die gleiche Position neben ihm in Fahrtrichtung ein.

Nun wurden noch die drei Jungen aneinandergereiht unter jene geschoben und die seitliche Schiebetür durch den Fahrzeugbegleiter gerade so weit geschlossen, dass die Jungen während der Fahrt nicht hinausgeschleudert werden konnten.

Und dann raste das Matatu tatsächlich in ungebremster Fahrt über die löchrige Asphaltstraße in Richtung Ukunda davon.

Inzwischen herrschte andächtige Stille im Fahrzeuginneren und mir wurde bewusst, dass ich die einzige Weiße in diesem Pulk aus zusammengepferchten, skurril verharrenden Menschen, dass ich Teil einer unwirklichen, überaus bizarren Konstellation war. Ein unvermittelt in meinem tiefsten Inneren anschwellendes Lachen stahl sich unaufhaltsam an die Oberfläche. Verzweifelt kämpfte ich dagegen an, jedoch ein zufälliger Blickkontakt mit Ramman und es gab kein Halten mehr! Ich lachte, lachte, dass mein Zwerchfell zu bersten drohte. Was die anderen dachten, war mir egal.

Ramman schien als Erster zu verstehen und fiel, teils erstaunt, teils amüsiert, in mein Lachen ein. Aufkommendes Gemurmel, erstes, zaghaftes Glucksen und dann vibrierte die Luft von dem Hi-Hi-Lachen der Kenianer.

Mit Sicherheit war der Grund für deren Fröhlichkeit ein anderer als meiner.

Der Fahrzeugbegleiter streckte seinen Kopf durch die offene Schiebetür und musterte mit verständnisloser Miene die verrückt gewordene Fahrgemeinde.

Ukunda. Ein Wasserverkäufer hastete mit seinem glöckchenbehangenen Karren an uns vorüber. Wir schoben uns durch Menschenmassen, vorbei an unzähligen Verkaufsständen, in denen alles angeboten wurde, was irgendwie an den Mann zu bringen war.

Neben getragenen Schuhen und westlicher Kleidung lockten Sonnenbrillen, diverse Blechdosen, handgefertigter Schmuck aus Holz- und Glasperlen, Kangas in leuchtenden Farben sowie frisch geerntetes Obst und Gemüse die potenziellen Käufer.

Völlig vertieft in das bunte Treiben, traf mich plötzlich ein Blick aus blutunterlaufenen Augen. Jene quollen aus dem Gesicht eines verwahrlosten, etwa vierzig- bis fünfzigjährigen Mannes. Das Haar verfilzt, gekleidet in übereinander geschichtete Stofffetzen, kauerte er im Schatten einer Akazie. Seine schwarze Haut schien wie mit Mehl bestäubt.

Während er mich unablässig taxierte, erhob er sich schwerfällig und taumelte langsam, aber zielsicher auf mich zu. Ein plötzlicher Kälteschauer ließ mich unter der Mittagsglut erzittern. Ramman bemerkte den Mann im selben Augenblick, ergriff meine Hand und beschleunigte in betonter Gelassenheit den Schritt, unseren Verfolger, der ebenfalls an Tempo zulegte, ununterbrochen aus den Augenwinkeln beobachtend. Durch eine Menschenansammlung mitten auf der Straße wurden wir gestoppt.

Wie zufällig hingeworfen türmte dort ein riesiger Kleiderberg, welcher offensichtlich dem am Straßenrand parkenden Kleintransporter mit dem Logo einer Schweizer Hilfsorganisation entstammte. Mehrere Frauen durchwühlten geschäftig die Sachen und einige Funde boten offenbar immer wieder Anlass zu ausgelassener Heiterkeit.

Ramman manövrierte uns beide geschickt durch die quirligen Massen, um alsdann in eine Nebenstraße einzubiegen, deren Ende wiederum in Ukundas Hauptstraße mündete. Meine Hand noch immer haltend, war er nun wieder in seinen typischen Schlendergang verfallen. Ein vorsichtiger Blick über meine Schulter bestätigte mir, dass wir jenen Verrückten tatsächlich abgehängt hatten.
„Was ist mit ihm?", fragte ich.
„Manche Leute nehmen Drogen. Und dann, wenn sie haben kein Geld, sie sind ... ", er suchte nach einem passenden Begriff. „Ja, dann sie sind böse."
„Wir sind da", bemerkte Ramman kurze Zeit später.
Vor uns schmiegte sich ein kleiner, weißgetünchter Flachbau an einen dahinter gelegenen roterdigen Hügel. Durch die offen stehende Tür betraten wir den von Küchengerüchen geschwängerten Raum. In jenem befanden sich fünf Vierertische, welche, bis auf einen freien, allesamt ausschließlich von Männern besetzt waren. Ein Waschbecken gegenüber der Eingangstür bot dem Gast seine Dienste feil.
Während ich, von neugierigen Blicken durchbohrt, an der Tür stehen blieb, wusch sich Ramman die Hände und winkte mir dann, ihm an den leer stehenden Tisch zu folgen.
„Was du willst essen, Chicken?"
Nein, aus Angst vor einer Kollision zwischen afrikanischer Küche und europäischem Magen wollte ich eigentlich gar nichts zu mir nehmen. Ich saß nur hier, um Ramman nicht zu kränken.
„Vielleicht kann ich eine Kleinigkeit von deinem Teller essen? Ich habe keinen großen Hunger."
Ramman war einverstanden und gab seine Bestellung bei dem bereits wartenden Kellner auf. Der balancierte kurz darauf einen Riesenteller voller Pommes frites sowie eine Colaflasche mit zwei übergestülpten Gläsern an unseren Tisch. Ramman griff sofort nach seiner Gabel, um sich heiß-

hungrig über die Mahlzeit herzumachen. Ich begnügte mich mit drei, vier Happen und schob ihm den Teller dann gänzlich zu.

Wenig später erinnerten nur noch ein paar Ketchupreste am Tellerrand an die im Akkord verdrückte Portion. Während Ramman bezahlte, lächelte er mir verheißungsvoll zu.

„Ich glaube, du hast noch nicht gesehen sowas in Kenia." Fast am Ende der lang gezogenen Hauptstraße Ukundas erhob sich ein Holzgebäude, einem Hochstand ähnelnd, aus welchem schon von Weitem das Dröhnen von Bässen zu vernehmen war.

Im Rhythmus der in ohrenbetäubender Lautstärke abgespielten Songs der englischsprachigen Hitparaden, stiegen wir auf der fast senkrecht verlaufenden Holztreppe hinauf in den Gästeraum. Hier, in Ukundas meistbesuchter Bar, wimmelte es nur so von jungen, lachenden und lebhaft gestikulierenden Einheimischen.

Ramman bestellte für mich die obligatorische Cola und ich spendierte ihm, wider seinen halbherzigen Protest, ein Bier, welches er sogleich genüsslich schlürfte. Eine Unterhaltung war, zumindest zwischen uns, angesichts der Lautstärke unmöglich. Eine halbe Stunde später saßen wir im Matatu Richtung Diani Beach. Zwei Stationen vor unserem eigentlichen Ziel bestand Ramman darauf, den Rest des Weges zu Fuß am Strand zurückzulegen.

Eng umfasst, Hüfte an Hüfte geschmiegt, stolperten wir durch den heißen Sand, begleitet vom leisen Rauschen der Wellen. Unvermittelt blieb Ramman stehen. Seine heißen Lippen an meinem Ohr flüsterte er: „Wir müssen noch machen kleine Schokoladebaby!"

„Nein, das müssen wir ganz bestimmt nicht", kicherte ich.

„Doch, doch wir müssen!"

„Und was soll ich mit einem Schokobaby in Deutschland? Ich habe dafür keine Zeit."

„Du schickst Baby nach Kenia. Mama kümmert sich."
Seine Augen blitzten mich lachend an und Hand in Hand setzten wir unseren Weg fort.
Kurz vor Einbruch der Dunkelheit erreichten wir das Hotel. Ramman zog mich in die Arme und nahm mir die Luft mit seinem ungestümen Kuss. Deutlich spürte ich seine Erektion. Als er mich endlich freigab, schossen seine dunklen Augen Blitze in mein Herz.
„Alles soll sein, wie du willst. Immer!", versprach er mit leiser Stimme. Bis zu seinem Zuhause waren es noch dreißig Minuten.

Immer wieder musste ich an Helge denken, der jeden Reisebericht über exotische Länder im Fernsehen geradezu verschlang. Seine Höhenphobie schloss jedoch selbst das Betreten eines am Boden befindlichen Fliegers aus. Also beschränkten wir unsere spartanischen Welteroberungstouren auf Gebiete, welche für sein Sicherheitsempfinden gefahrlos mit dem Auto oder Reisebus erreichbar waren.

In seiner Eifersucht, welche sich wie ein ständig lauerndes Gespenst durch unsere fast siebenjährige Ehe zog, ließ er auch nicht zu, dass ich gemeinsame Flugreisen mit unseren Freunden unternahm.

Mehr und mehr entfernte er sich von dem Mann, in den ich mich einst Hals über Kopf verliebt hatte.

***

Es war ein verregneter Mittwoch im Juni. Nur wenige Fahrgäste warteten an der Haltestelle auf den Zwanzig-Uhr-Bus. Mein aufgespannter Schirm bot kaum noch einen Schutz gegen den unaufhörlich herabprasselnden Regen. Schon spürte ich die kriechende Feuchtigkeit in den Schulterpolstern meiner Kostümjacke, meine Pumps weichten in einer zusehends anwachsenden Pfütze.

Er stand im schicken sandfarbenen Trenchcoat, mit viel größerem Schirm und dem Wetter entsprechender Miene neben mir an der Bordsteinkante.

Die Katastrophe bahnte sich unmerklich an, bevor sie unvermittelt und überraschend über uns hereinbrach.

Im grauen Dunst auf glitschiger Straße raste der Kleintransporter an uns vorüber, direkt durch die riesige Wasserlache neben der Haltestelle.

Im selben Augenblick traf mich eine braune Fontäne dreckigen Wassers mit geballter Wucht. Entsetzt starrte ich an mir herunter, auf mein gerade noch azurblaues, nun mit unzähligen Dreckspritzern überzogenes Kostüm. Als ich aufsah, traf mich sein nicht minder verdatterter Blick. Auch sein edler Trenchcoat erinnerte jetzt eher an einen Tarnanzug der Militärgrundausbildung.

Unser Schock währte jedoch nur einen Augenblick, dann erhellte ein Lachen sein Gesicht, ein Lachen, welches mir in seiner Herzlichkeit widerstandslos Amors Pfeil ins Herz bohrte.

Wir verabredeten uns für den nächsten Abend und nach einer Woche waren wir ein Paar.

Ich sah zu ihm auf, nicht nur wegen seiner körperlichen Größe und seines vier Jahre zählenden Altersvorsprungs. Er war für mich der Inbegriff dessen, wonach sich jede Frau sehnt. Attraktiv, intelligent, erwies er sich zudem als ein einfühlsamer, leidenschaftlicher Liebhaber. Wir lachten und liebten uns durch den Sommer.

Ende Oktober, während eines abendlichen Spaziergangs über den Kurfürstendamm, blieb Helge vor einem Juweliergeschäft stehen.

„Welches Paar gefällt dir am besten?", fragte er mit Blick auf das breite Angebot von Eheringen.

Spontan wies ich auf ein schmales Ringpaar mit eingravierten, filigranen Sternchen.

„Hm, die sind wirklich schön. Also, kaufen wir sie morgen."

„Und dann?", fragte ich mit klopfendem Herzen.

„Dann? Dann heiraten wir!"

So gaben wir uns denn noch im gleichen Jahr, am zwanzigsten Dezember, nur von unseren Trauzeugen Sonya und Helges Freund Peter begleitet, das standesamtliche Jawort. Glücklich und voller Stolz trug ich meinen Ring und seinen Namen.

„Kaven. Guten Tag!", meldete ich mich ab sofort ohne die geringsten Umgewöhnungsprobleme am Telefon.

„Ich will dich nicht gleich wieder an ein schreiendes Baby verlieren", begründete Helge die penible Überwachung der allabendlichen Einnahme meiner Pille. Ich lächelte dazu, geschmeichelt von seinem Bemühen einer totalitären Besitzergreifung. Mit verhängnisvollen Auswirkungen, wie mir erstmals nach einem dreiviertel Jahr unseres Zusammenlebens bewusst wurde.

Nach Schließung der Boutique zog ich mich mit Juliane, meiner damaligen Schneiderin, zur Bewertung einiger von mir gefertigter Entwürfe in unser Büro zurück. Als ich, über die Skizzen gebeugt, gerade mit einer Korrektur beschäftigt war, läutete das Telefon. Juliane nahm den Hörer ab, legte ihn, nachdem sie sich zweimal vorgestellt hatte, jedoch wieder auf. „Keiner dran", bemerkte sie, bevor wir uns erneut unserer Arbeit zuwandten.

Ungefähr eine Stunde später als üblich stand ich vor der Wohnungstür, gerade im Begriff den Schlüssel ins Schloss zu stecken, als jene mit einem plötzlichen Ruck aufgerissen wurde. Keuchend vor unterdrückter Wut stand Helge vor mir.

„Darf ich fragen, wo Madam jetzt herkommt?", brachte er mit gepresster Stimme hervor. „Entschuldige", antwortete ich kleinlaut, „ich hätte dich anrufen sollen."

Ich fühlte mich schuldig, ihm nicht Bescheid gesagt zu haben. Während ich mich vorsichtig an ihm vorbei schob, schlug er mit einem kräftigen Fußtritt die Tür ins Schloss, um sich Sekunden später im Wohnzimmer erneut vor mir aufzupflanzen.

„Ich habe auf meine Frage noch keine Antwort erhalten", stellte er mit einem unüberhörbar drohenden Unterton in der Stimme fest. Seine, wie ich inzwischen meinte, überzogene Reaktion machte mich augenblicklich wütend.

„Was glaubst du denn wohl, wo ich mich eine Stunde lang herumtreiben sollte?", entgegnete ich ungehalten. „Falls dir irgendetwas an meiner Verspätung suspekt erschienen wäre, hätte ein Anruf in der Boutique Aufschluss über meinen Verbleib gegeben."

„Danke für den großartigen Tipp!", erwiderte er zynisch. „Fakt ist, dass du *da* definitiv *nicht* warst!"

Fassungslos starrte ich ihn an.

„Das glaube ich jetzt nicht! Dann warst also du es, der angerufen und aufgelegt hatte, nachdem Juliane sich gemeldet hatte. Du hättest sie nur bitten müssen, mich ans Telefon zu holen."

Im hohen Bogen schleuderte ich meine Handtasche auf die Couch, bevor ich im Bad verschwand.

Als ich jenes bettfertig wieder verließ, saß Helge, finster vor sich hinbrütend, eine Bierflasche in der Hand, auf dem runden Schemel in der Küche.

Ohne unseren obligatorischen Gute-Nacht-Kuss lagen wir in dieser Nacht wie Fremde nebeneinander.

Am Abend des darauffolgenden Tages öffnete mir Helge lächelnd die Wohnungstür.

„Hallo, Liebling", umarmte er mich. „Ich habe mir heute einen vorzeitigen Feierabend gegönnt, um wieder einmal richtig schön für uns zu kochen."

Der Tisch im Wohnzimmer war zu einer feierlichen Tafel hergerichtet, mit einem Strauß aus zehn langstieligen, dunkelroten Rosen darauf. Helge hatte sich die Mühe seiner in der Zubereitung sehr aufwendigen Spezialität, Medaillon aus mit Gemüse gefülltem Kalbsfleisch, gemacht. Mit chilenischem Rotwein in überdimensionalen Gläsern prosteten wir einander zu. Unsere Auseinandersetzung vom Vortag erwähnten wir beide mit keiner Silbe.

Verliebte Blicke straften meine Zweifel Lügen und in der verzehrenden Glut zügelloser Leidenschaft kehrte der Mann, den ich liebte, noch immer vorbehaltlos liebte, in jener berauschenden, hemmungslosen Nacht zu mir zurück.

„Guten Tag, Frau Kaven", begrüßte mich Herr Lindström. Überrascht und erfreut zugleich, lud ich ihn zu einem Kaffee in mein Büro ein.

„Was führt Sie denn von Ihrem geliebten Hamburg nach Berlin?", fragte ich ihn in aufgekratzter Stimmung.

„Ausnahmsweise gibt es dafür diesmal private Gründe. Eine etwas verzwickte Erbschaftsangelegenheit", winkte er mit einer unbestimmten Handbewegung unwirsch ab. „Aber dennoch wollte ich es mir nicht nehmen lassen, meiner lieben Frau Kaven einen Besuch abzustatten", hellte sich sein Gesicht sogleich wieder auf.

Anfang sechzig, groß, schlank, mit grau meliertem Haar, war Herr Lindström ein Kavalier der „alten Schule". Stets wie aus dem Ei gepellt, umweht vom Duft teuerster Markenparfüms, befleißigte er sich geflissentlich einer wohl artikulierten Konversation. Seit vielen Jahren zählte er zu unseren wichtigsten Auftraggebern.

„Ich muss Ihnen sagen, liebe Frau Kaven, die Resonanz unserer Kundinnen auf Ihre jüngste Unterwäschekollektion ist geradezu überwältigend. Unsere Lagerbestände sind, der geringen Anzahl geschuldet, bereits aufgebraucht. Es würde mich freuen, wenn wir uns kurzfristig auf einen erneuten Vertragsabschluss verständigen könnten. Allerdings unter der Voraussetzung einer erhöhten Anzahl gefertigter Dessous."

„Danke, es freut mich, das zu hören. Wahrscheinlich werde ich mich jedoch um eine zusätzliche Schneiderin bemühen müssen. Zu zweit, mit einer gelegentlichen Aushilfskraft, ist das anstehende Pensum kaum noch zu bewältigen, zumal die Fertigung von Dessous ursprünglich nur als kleines Intermezzo gedacht war. Aber irgendwie bekommen wir das schon hin!", versicherte ich ihm lachend.

„Daran habe ich nicht den geringsten Zweifel", lächelte Herr Lindström, um sodann hinzuzufügen: „Falls es Ihr Zeitplan zulässt, würde ich Sie und Ihre Mitarbeiterin gern für heute Abend zum Essen einladen."

Um Helge über mein voraussichtlich verspätetes Heimkommen zu informieren, rief ich in seiner Computerfirma an.

„Tut mir leid", bedauerte sein Mitarbeiter, „Ihr Mann befindet sich heute im Außendienst.

Aber Sie können ihn ja über Handy erreichen."

„Hallo?", vernahm ich nach Eingabe der Handynummer Helges Stimme, von Motorengeräusch überlagert, als die Verbindung unvermittelt zusammenbrach. Auch zwei weitere Versuche, ihn zu erreichen, blieben erfolglos.

„Hallo, Herr Krenzer, ich bin es noch einmal. Leider kann ich meinen Mann über Handy nicht erreichen. Bitte richten Sie ihm doch aus, dass ich heute etwas später nach Hause kommen werde."

„Ja, selbstverständlich.

Vorausgesetzt, er ist bis Dienstschluss zurück."

Es war kurz vor Mitternacht, als ich aus dem Taxi stieg. Erleichtert registrierte ich, dass die hohen Fenster unserer Altbauwohnung sämtlich im Dunkel lagen.

Also schlief Helge bereits.

Auf Zehenspitzen tastete ich mich im Korridor vorsichtig an der Wand entlang zum Lichtschalter.

Nur kurz spürte ich die Hand, als der Raum auch schon von hellem Licht überflutet wurde. Zu Tode erschrocken entfuhr mir ein spitzer Aufschrei. Bedrohlich, mit wutverzerrtem Gesicht, stand mir Helge gegenüber.

„War's schön?", zischte er.

Um Fassung ringend, schlug ich einen besänftigenden Tonfall an.
„Was soll das, Schatz? Hast du meine Nachricht nicht erhalten?"
„Oh, Madam hat mir eine Nachricht gesandt!", höhnte er. „Es ist mir scheißegal, ob du mir irgendwelche Nachrichten schickst oder nicht. Ich habe ganz einfach etwas dagegen, dass sich meine Frau nächtelang wie ein Flittchen in der Gegend herumtreibt!", brüllte er nun.
Ich schwieg zu der unberechtigten Anschuldigung.
Und dann ging alles ganz schnell, eskalierte die Situation! Eine Vase zersplitterte an der Wand, Bücher trudelten durch den Raum, bevor sie dumpf auf dem Boden oder dem Mobiliar aufschlugen, der massive Wohnzimmertisch vollführte einen Schleudergang, um letztlich mit den Beinen zuoberst am Boden liegen zu bleiben.
Als Helge auf mich zu stürmte, erwartete ich mit geschlossenen Augen seinen Schlag. Jedoch blieb er abrupt vor mir stehen und zerfetzte, eine Hand in die Knopfleiste gekrallt, in einem Ruck sein Oberhemd. Knöpfe schleuderten wie Wurfgeschosse durch die Luft.
Sein Bettzeug unterm Arm, bereitete er kurze Zeit später sein Nachtlager auf dem Sofa, während ich mich in den Schlafraum zurückzog.
Auf der Bettkante sitzend vermeinte ich, soeben aus einem Alptraum erwacht zu sein. Nach drei Monaten ungetrübter Harmonie hatte ich den damaligen Vorfall als einmalige Entgleisung aus meinem Gedächtnis verbannt. Doch in jenem Moment wurde mir klar, dass es nie aufhören würde. Nie!
Drei Tage später schenkte mir Helge während eines Abendessens im derzeit angesagtesten Nobelrestaurant eine Halskette aus schwarzen Perlen. Ich lächelte, mit irreparabel verletzter Seele.

Helges Ausfälle häuften sich. Sein krankes Hirn konstruierte die unsinnigsten Konstellationen.
Einmal, am Abendbrottisch, bemerkte ich beiläufig: „Vielleicht sollten wir professionelle Hilfe in Anspruch nehmen!? Es gibt doch so etwas wie Paartherapien."
Noch bevor ich meine Überlegung zu Ende führen konnte, schmiss er sein Besteck laut scheppernd auf die Tischplatte.
„Wir? Du meinst wohl eher *ich* sollte! Das könnte dir so passen, mich in die Klapsmühle abzuschieben!"
Damit sprang er auf und verschwand bis zum Schlafengehen in unserem Computerraum.
In starrer Resignation beobachtete ich den Zerfall unseres einst gemeinsamen Lebenstraums.
Unser sechster Hochzeitstag, welchen Helge zum Anlass genommen hatte, mir wieder einmal zu versichern, dass ich das Wichtigste in seinem Leben sei, lag drei Wochen zurück. Ein junges Paar betrat die Boutique auf der Suche nach einem festlichen Abendkleid. Schwankend in ihrer Entscheidung zog sich die junge Frau schließlich mit zwei Kleidern über dem Arm zur Anprobe in die Kabine zurück. Währenddessen plauderte ich, neben der Kasse stehend, mit dem jungen Mann, als Helge unvermittelt den Verkaufsraum betrat. Erfreut ging ich auf ihn zu. Doch nach einem flüchtigen Blick auf den jungen Mann machte er augenblicklich auf dem Absatz kehrt. Vom Eingang der Boutique aus sah ich ihn die Straße entlang hasten.
„Helge, bitte warte doch!"
Er drehte sich nicht um.
Zwei Stunden vor Geschäftsschluss machte ich Feierabend, um vor Helge zu Hause zu sein. Er erwartete mich bereits.
„Triffst du dich mit deinen Kerlen jetzt schon am helllichten Tag in deiner Modebude?", fuhr er auf mich los.
Ich war es leid, ich war es so unsäglich leid, mich gegen seine absurden Unterstellungen zur Wehr zu setzen.

„Weißt du, das ist mir einfach zu dumm.", konterte ich deshalb und machte Anstalten, das Zimmer zu verlassen.
In zwei Sätzen war Helge hinter mir, riss mich am Arm herum und versetzte mir eine schallende Ohrfeige.
Völlig überrumpelt starrte ich ihn an, verspürte jedoch, zu meinem eigenen Erstaunen, statt des erwarteten Schmerzes eine Art Erleichterung. Soeben hatte er das endgültige Aus unserer Ehe besiegelt. Es war vorbei!
Noch am selben Abend zog ich, meine wichtigsten persönlichen Sachen in zwei Hartschalenkoffern verstaut, in mein ehemaliges Zimmer in der Wohnung meiner Eltern.
Fünf Wochen später, fast zeitgleich mit deren Umzug nach Greifswald in das Haus meiner pflegebedürftigen Großeltern, bezog ich im Stadtzentrum in unmittelbarer Nähe meiner Boutique eine gemütliche, wenn auch kleine Zwei-Raum-Wohnung.
Nach monatelangem Widerstand gegen eine amtlich besiegelte Trennung, willigte Helge letztendlich in unsere Scheidung ein.

***

Das alles war zwei Jahre her.
Sonyas Anruf brachte mir abrupt die Welt hinter unseren blank geputzten Schaufenstern in Erinnerung.
„Ich wollte dich nur fragen, ob du Lust hättest, mit mir und einem befreundeten Ehepaar in drei Monaten nach Kenia zu fliegen?"
Und ob ich hatte! Noch dazu mit Sonya, mit der mich seit unserer gemeinsamen Schulzeit eine enge Freundschaft verband.
Vor einem Jahr war auch ihre mehrjährige Beziehung unweigerlich an der Unüberbrückbarkeit völlig konträrer Lebensauffassungen gescheitert.
Freds konservative Vorstellungen in Bezug auf ein funktionierendes Familienleben, zu welchem für ihn, der selbst mit vier

Geschwistern aufgewachsen war, selbstredend Kinder gehörten, fanden bei Sonya keinerlei Widerhall. Ihr Job als Leiterin des Technischen Büros einer namhaften Elektrofirma bildete den Pol ihres Lebens, um welchen herum alles andere beiläufig nach dem Zufallsprinzip kreiste.

Für Fred hingegen, der in derselben Firma als Ingenieur arbeitete, war die Karriere zweitrangig. Ihm genügte die Sicherheit, eine Familie unterhalten zu können.

Sonya, nur mit dem Gedanken an eine mögliche Mutterschaft konfrontiert, beharrte in unerschütterlicher Ablehnung auf ihrem Argument: „Kinder sind laut, machen Dreck und unterwandern den beruflichen Aufstieg."

Eine Äußerung, welche keineswegs eine latente Kinderfeindlichkeit in sich barg, wie ich mehrfach voller Erstaunen beobachten konnte.

In Gesellschaft von Kindern begab sich Sonya augenblicklich auf deren Level. Nichts war ihr peinlich, nichts zu dumm. Etwa nach dem Text des Kinderliedes: „Auf uns'rer Wiese gehet was ...", stakste sie mit angezogenen Beinen wie ein Storch mit den Kleinsten im Kreis herum. Wichtig schien ihr offensichtlich allein die Option, ein Kind jederzeit wieder „abliefern" zu können.

Schließlich, an einem schwülen Sonntagmorgen im August, versetzte Fred am gemeinsamen Frühstückstisch dem fünf Jahre währenden Geschlechterkampf ihrer Beziehung mit der Mitteilung, dass er in knapp vier Monaten Vater würde, den Blattschuss.

Laut heulend erzählte mir Sonya am Telefon, dass Fred sich seit mehr als einem Jahr mit dieser anderen Frau träfe und sie, Sonya, „so was" nun wirklich nicht verdient hätte.

Weitaus härter als das Verhältnis an sich, traf sie jedoch die Tatsache, dass er mit einer anderen das Kind gezeugt hatte, welches er sich jahrelang mit ihr gewünscht hatte.

Entsprechend ihrer selbst verordneten Trennungsschmerztherapie stürzte sich Sonya bis zur nahezu völligen physischen Erschöpfung in die Arbeit.

Eine offensichtlich heilsame Methode, wie ihr bald wiedererlangtes Lachen bewies.

Ich war fünfunddreißig. Nach europäischem Schönheitsempfinden galt ich mit meinen grau-grünen Augen, welche im auffallenden Kontrast zu dem fast schwarzen, lang gelockten Haar standen, und der schlanken Figur als durchaus attraktiv. Aber wie sah Ramman mich? Nur einmal hatte er gesagt: „Mir gefällt deine Body."
Ich war unsicher und ständig bemüht, meine von weiß über schweinchenrosa bis beängstigend blutrotgesprenkelte Haut in respektvollem Abstand zu seiner makellosen, tiefbraun glänzenden zu halten. Zum ersten Mal kamen mir Zweifel an der viel zitierten Schönheit weißer Haut.

Sonya und ich hatten unsere Plätze am Frühstückstisch gerade eingenommen, als der Kellner auch schon erschien, um unsere Getränkebestellung entgegenzunehmen. Sein kahler Schädel betonte ein auffallend schönes Gesicht.
„Good morning, ladies. What would you like, cup of coffee or cup of tea?", fragte er, seinen Blick abwechselnd auf Sonya und mich gerichtet.
Wir entschieden uns für Kaffee.
Bereits im Begriff zu gehen, stellte er plötzlich fest, dass unser Tisch über keine Zuckerdose verfügte.
„Sorry", entfernte er sich mit geschmeidigen Bewegungen.
„Hakuna matata", rief ich ihm hinterher.
Abrupt machte er auf dem Absatz kehrt, um augenblicklich erneut an unserem Tisch zu stehen.
„What did you say?", glitzerten seine Augen listig.
„Hakuna matata", wiederholte ich lächelnd.
„No, no", schwenkte er seinen aufgerichteten Zeigefinger vor meinem Gesicht. „Correct: Hakuna matiti!"
„Hakuna matiti?", fragte ich erstaunt.

„Yes, hakuna matiti", beteuerte er mit ernster Miene, bevor er sich wieder seiner unterbrochenen Beschäftigung zuwandte.

„Komisch", meinte Sonya, „das Wort ‚matiti' höre ich heute zum ersten Mal."

„Vielleicht handelt es sich ja um eine erweiterte grammatikalische Form?", mutmaßte ich.

„Möglich." Inzwischen hatten sich auch Guido und Hanna aftershave- und parfümumweht zu uns gesellt und Sonya und ich sogleich gönnerhaft unsere jüngst hinzugewonnene Erfahrung in Bezug auf ein perfektes Swahili mit beiden geteilt.

„Tatsächlich? Nun ja, man lernt nie aus.", räumte Guido ein.

Hand in Hand schlenderten wir unter der brütenden Mittagssonne am Strand entlang.

„Wir können setzen uns", schlug Ramman vor. Also kraxelten wir die Böschung hinauf, um im Schatten der zerfallenen Holzhütte eine Rast einzulegen.

Während ich schon auf meiner ausgebreiteten Kanga saß, strauchelte Ramman und landete unsanft auf meinen ausgestreckten Beinen.

„Entschuldigung", schob er sich erschrocken neben mich.

„Hakuna matiti", entgegnete ich, stolz auf meine grammatikalische Perfektion.

„Was?", richtete er seine geweiteten Augen auf mich.

„Hakuna matiti.", wiederholte ich unbeirrt.

So viel Sachverstand haute Ramman im wahrsten Sinne des Wortes um. Auf dem Rücken liegend, drohte er jeden Moment unter seinem Lachkrampf zu zerplatzen. Besorgt beobachtete ich seinen nahenden Exitus.

Endlich richtete er sich, noch immer feixend, auf.

„Wer hat gesagt das?"

„Der Kellner im Restaurant."

„Hi, hi, hi!", zerfetzte es Ramman erneut. „Er ein Schlitzohr!", brachte er schließlich mühsam hervor.
Ich sah noch immer keine Veranlassung, seine überschäumende Fröhlichkeit zu teilen.
„Wäre nett, wenn du mir endlich erzählen würdest, was dir einen solchen Spaß bereitet", bemerkte ich deshalb leicht gereizt.
Es dauerte eine Weile, bis er sich endgültig gefasst hatte.
„Matiti, das Brust von Frau", sagte er schließlich, um mit einer gewissen Besorgnis hinzuzufügen: „Hast du schon gesagt das zu andere Leute?"
„Nein, Gott sei Dank, nicht."
Ich würde es diesem Witzbold von Kellner heimzahlen! Wir begegneten ihm nie wieder.

Safari. Unser Fahrer Luis, ein junger, untersetzter Typ, empfing uns mit dem strahlendsten Lächeln unter Kenias Azur.
Er hatte den Kleinbus im Schatten eines Hibiskusstrauches in unmittelbarer Nähe des Hoteleingangs geparkt.
Schon jetzt, um sieben Uhr am Morgen, kroch schwülwarme Luft aus allen Ritzen und umschlang uns mit ihrem feuchten Atem.
Hanna und Guido saßen bereits im Auto, als Sonya und ich, noch nicht ganz tagestauglich, auf unsere Sitzplätze kletterten.
Hanna hatte ihr dichtes, blondes Haar unter einem breitkrempigen Strohhut versteckt, während Guidos kahlköpfigen Schädel ein eigens für diesen Anlass erworbener Safarihelm bedeckte.
Die sportgestählten Körper durch eng anliegende Jeans und T-Shirt betont, glaubte man ihnen ihre fast sechzig Jahre kaum. Seit ihrem gemeinsamen Pädagogikstudium bildeten beide eine untrennbare Einheit. Mimik, Gestik, ja, sogar die Wortwahl glichen auf frappierende Weise der des anderen. Und trotz ihrer distinguierten Art verfügten beide über einen feinsinnigen Humor und die besondere Gabe, auf Menschen unterschiedlichster Mentalität einzugehen.

Das alles hatte es mir leicht gemacht, sie zu mögen, nachdem Sonya, die das Paar vor Jahren während eines Seminars über Arbeitsrecht an der Volkshochschule kennengelernt, uns einander vorgestellt hatte.

Sobald zwei weitere Ehepaare ihre Plätze eingenommen hatten, war das Expeditionsteam vollzählig.

In gewohnt rasanter Fahrt ging es nun auf Asphaltstraßen mit Schlaglöchern, welche wie das Resultat eines Meteoriteneinschlags anmuteten, in Richtung Satao-Camp.

Luis wich den Straßenlöchern in halsbrecherischen, dennoch bemerkenswert geschickten Manövern aus. Eine Frau auf der hinteren Sitzreihe sprach aus, was offenbar alle dachten: „Falls wir das Camp heil erreichen sollten, wird's bestimmt ein fantastisches Erlebnis!"

„Welcome", begrüßte ein riesiges Plakat über dem Eingang die Besucher des Nationalparks. Nach einem kurzen Wortwechsel zwischen Luis und den beiden diensthabenden Askari hob sich endlich der Schlagbaum und die vor Hitze flimmernde Savanne breitete ihre unendliche Weite vor uns aus.

Paviane gebärdeten sich kämpferisch aus sicherer Distanz, Strauße spazierten majestätisch durch kniehohes Gras und Warzenschweine galoppierten mit senkrecht aufgestelltem Schwanz durch die brütende Hitze.

Jeder in der Ferne auftauchende Termitenhügel, als vermeintlicher Savannenbewohner ausgemacht, sorgte für euphorische Ausbrüche unter den Fahrzeuginsassen.

Nach halbstündiger Fahrt betraten wir das Camp. Friedvolle Stille, untermalt von gelegentlichem Vogelgezwitscher, schloss uns in die Arme. Sonya und ich bezogen unser Quartier, dessen komfortable Ausstattung uns überraschte.

Äußerlich glichen die Unterkünfte rechteckigen, mit Schilf gedeckten Holzhütten. Unter der Holzkonstruktion jedoch befand sich ein mannshohes Zelt, dessen gegenüberliegende, schmale Seiten jeweils mit einem Reißverschluss versehen waren. Die Einrichtung bestand aus zwei nebeneinander stehenden Betten, einer Kommode und einem zweitürigen Kleiderschrank. Außerhalb des Zeltes, im hinteren Teil der Hütte, befand sich der Sanitärtrakt. Neben einer Toilette mit Wasserspülung, einem Waschbecken, in welchem man sich die Hände nur einzeln nacheinander waschen konnte, da der Wasserhahn in hochgedrückter Stellung gehalten werden musste, angesichts des Wassermangels in dieser Region dennoch ein unglaublicher Luxus, gab es auch eine Dusche. Für warmes Wasser sorgte ein unter dem Dach angebrachter Kanister, in dem sich das morgens eingefüllte, kalte Wasser durch die Sonneneinstrahlung bis zum Abend auf eine angenehme Temperatur erwärmte. Die Wassermenge war ausreichend für zwei Grobreinigungen.

Sechs oder sieben solcher Hütten standen in einem Abstand von etwa zwanzig Metern zueinander auf dem Gelände sowie ein kleines Restaurant mit Souvenirshop.

Die eigentliche Attraktion allerdings bildete ein fünf Meter emporragender Hochstand, auf welchem bis zu zwölf Personen Platz fanden. Die ungehinderte Sicht von jenem aus gab den Blick auf ein Wasserloch in unmittelbarer Nähe des Camps frei, welches dem Wild als Tränke diente. Mehrere am Rand des Tümpels aufgeschichtete Steinbrocken bildeten eine natürliche Barriere zum Camp, welche von den Tieren nie überschritten wurde.

Nach einem üppigen Mittagsmahl brachen wir endlich zu dem von allen fieberhaft herbeigesehnten Safariabenteuer auf. Im sicheren Schutz des Kleinbusses drangen wir Meile um Meile in die Wildnis vor. Wie aus dem Nichts tauchte plötzlich eine Zebraherde auf, welche im gestreckten Galopp, roten Staub aufwirbelnd, die unbefestigte Straße überquerte. Und dann sahen wir in der Ferne die ersten Elefanten. Luis chauffierte uns in die Deckung einer kleinen Baumgruppe, von welcher aus wir den Clan, aus Kühen und Jungtieren bestehend, ungestört und aus großer Nähe beobachten und fotografieren konnten. Dann ging es weiter durch hügeliges Gelände, bis wir zwischen hohen Akazien, kaum wahrnehmbar, die Hälse von Giraffen erspähten. Die Köpfe äsend im dichten Laub der Baumkronen versteckt, bewegten sich ihre Körper mit eindrucksvoller Grazie.

Als sich unsere Augen an diesem bizarren Bild endlich satt gesehen hatten und wir zur Weiterfahrt bereit waren, tauchte hinter uns ein allein umherstreifender, kolossaler Elefantenbulle auf. Luis legte, zu unser aller Erschrecken, den Rückwärtsgang ein und stoppte etwa fünfzig Meter von dem Giganten entfernt mit der Ermahnung, leise zu sein.

Also machten wir flüsternd unserem Respekt und unserer Bewunderung gegenüber dem Dickhäuter Luft, der mit gesenktem Kopf in einer leichten Niederung verharrte.

Schließlich startete Luis den Motor und setzte behutsam zum Rückzug an. Im selben Moment hob der Bulle lauschend seinen Kopf. Nur einen Augenaufschlag später preschte er in schaukelnden Bewegungen seines massigen Leibes blindwütig auf uns zu.

Blankes Entsetzen machte sich in Sekundenschnelle breit und alle schrien durcheinander: „Luis, der Elefant! Schnell, fahr doch! Oh Gott, er kommt näher!"

Aber das Auto blieb mit einem Ruck stehen und Luis stellte den Motor ab.

Mir schoss gerade noch durch den Kopf, wie wohl in den nächsten Tagen die Boulevardblätter weltweit titelten: „Deutsche Touristengruppe von Elefanten zu Tode getrampelt!", als mir die plötzliche Stille bewusst wurde. Kein Motorengeräusch, keine schreienden Fahrgäste und kein Elefantengetrampel.

Der war stehen geblieben, sobald sich auch das Auto nicht mehr bewegte. Bei jedem erneuten Fahrversuch setzte er jedoch zu einer weiteren Attacke an. Jenes Spiel wiederholte sich nun einige Male, inzwischen mit disziplinierten, verstehenden Touristen, bis der Bulle schließlich das Interesse verlor und gleichgültig davon trabte. Von Elefanten hatte ich für den Augenblick erst einmal genug!

Während wir unsere Safari fortsetzten, vorbei an riesigen Termitenhügeln, Perlhuhnscharen, Antilopen und galoppierenden Zebraherden, erhielt Luis eine Nachricht über Funk.

„Lions!", strahlte er, über die Schulter blickend, und beschleunigte augenblicklich das Tempo, sodass wir bei dem unebenen Gelände wie Würfel im Becher geschüttelt wurden.

Nicht immer waren Löwen aufzuspüren. Deshalb informierten sich die Fahrer der zeitgleich im Nationalpark umherfahrenden Autobusse in so einem Fall gegenseitig.

Es erfüllte die Kenianer mit ganz besonderem Stolz, den Touristen dieses außergewöhnliche Schauspiel zu präsentieren.

Als wir bei dem Löwenlager ankamen, standen dort bereits zwei Touristenbusse. Luis hatte sich auf der Fahrt dorthin mehrfach vergewissert, dass auch alle Autoscheiben geschlossen waren und blieben.

Zum Greifen nah lag eine Löwin am Boden, ihr Hinterteil fast vollständig im dichten Gestrüpp verborgen. Zwei tollpatschige Babys versuchten wieder und wieder, den Nacken ihrer ruhenden Mutter zu erklimmen. Doch wie ein ins Trudeln geratener Ball landeten sie jedes Mal unweigerlich im hohen Gras.

Unversehens schälte sich eine zweite Löwin langsam aus dem Dickicht. Zu voller Größe aufgerichtet, stemmte sie Vorder- und Hinterpfoten von sich und legte den Kopf zu einem herzhaften Gähnen in den Nacken. Nach einem teilnahmslosen Blick auf ihre Nachbarschaft verschwand sie erneut in ihrem Versteck, um kurz darauf mit einem Winzling im Maul wieder zu erscheinen. Sie schien unschlüssig ihr Baby abzulegen und kehrte letztlich endgültig in das schützende Blattwerk zurück.

Die Löwen nahmen von unserer Gegenwart keinerlei Notiz. Doch auch wenn sie in ihrer zur Schau gestellten Gelassenheit wie Kuscheltiere wirkten, fragte ich mich mit einem mulmigen Gefühl, wie viele von ihnen sich wohl noch in dem undurchdringlichen Dickicht verbargen. Ich jedenfalls war froh, mich im schützenden Fond des Wagens zu befinden. Die länger werdenden Schatten mahnten schließlich zur Rückkehr ins Camp.

Kurz vor dem Ziel bescherte uns der scheidende Tag ein traumhaftes Adieu: Sonnenuntergang über der Savanne, ein Meer von Gefühlen vereint in einem sinkenden Feuerball!

Nach dem Abendessen scharten wir uns um das von den Askari entfachte Lagerfeuer gegenüber der Wildtränke. Da in Afrika die Nacht unvermittelt auf den Sonnenuntergang folgt, war es bereits stockdunkel. Nur ab und an ließ der Lichtstrahl einer Taschenlampe vage Konturen erkennen.

Luis flirtete ungeniert mit Sonya. Er machte keinen Hehl daraus, wie sexy er ihre in der Tat bemerkenswerten weiblichen Rundungen und den flachsblonden Bubikopf fand.

In ausgelassener Stimmung wurden die Ereignisse des zurückliegenden Tages, mit dem Elefantenbullen als unumstrittenen Hauptdarsteller, heraufbeschworen und analysiert.

„Lions", flüsterte plötzlich aufgeregt einer der Wildhüter, indem er seine Taschenlampe auf den Tümpel richtete.

Zunächst nahm ich im matten Lichtkegel nur das Funkeln von zwei Augenpaaren wahr. Sobald sich meine Augen jedoch an die Dunkelheit gewöhnt hatten, erkannte ich deutlich die Umrisse eines Löwen mit imposanter Mähne in Begleitung einer Löwin. Beide schienen direkt in unsere Richtung zu blicken. Mich schauderte!

Doch ließen die ehrfürchtige Begeisterung unserer Bewacher sowie deren geschulterte Gewehre mein Blut schon bald wieder ruhig durch die Adern fließen.

Gegen Mitternacht fielen Sonya und ich endlich todmüde in unsere Betten. Im Wegdämmern hörte ich vereinzelte ferne Tierstimmen und das verhaltene Flüstern der Askari, welche auf ihrer nächtlichen Patrouille in regelmäßigen Abständen unser Zelt umrundeten. Mit dem Gefühl absoluter Geborgenheit versank ich in einen tiefen, traumlosen Schlaf. Der Morgen empfing uns mit strahlendem Sonnenschein, wohltuender Stille – und Wehmut. Ein letztes Mal lockte die Savanne in ihrer unberechenbaren Schönheit.

Nach dem Frühstück starteten wir in ungebrochenem Erkundungsdrang zu unserer Abschiedstour.

Strauße und Warzenschweine erschienen mittlerweile wie alte Bekannte und den äsenden Elefantenherden hätte ich am liebsten ein fröhliches „Jambo" zugerufen.

Luis stoppte den Wagen mitten auf dem roterdigen Weg, in mehreren Zehnmetern Entfernung von einem kleinen See mit steil abfallendem Ufer. Die Büffeltränke!

Noch wurde die Stille nur vom Piepsen einer Schar Perlhühner, welche neugierig den lautlosen Eindringling beäugte, unterbrochen. Doch schon bald begann die Erde zu vibrieren. In der Ferne stieg eine Wolke aus rotem Staub auf, welche sich unaufhaltsam auf uns zu wälzte.

Das anfängliche Vibrieren war längst in den Donnerschlag hunderter, stampfender Hufe übergegangen und die verschwommenen Schatten gewannen zunehmend an Kontur. Die Büffel waren da! Da ich inzwischen blindes Vertrauen in Luis' Savannentauglichkeit setzte, konnte ich mich diesem gigantischen Schauspiel entspannt hingeben.

Zunächst schien es, als würden die schwarzen, kraftvollen Büffel, den Kopf mit den gebogenen Hörnern gesenkt, direkt auf uns zu halten. Doch dann beschrieb die Herde kurz vor dem See einen exakten, absolut synchronen Bogen. Am Ufer ließen sich die ersten, in ihren Bewegungen majestätisch anmutenden Tiere auf ihre Vorderläufe nieder, um an das tief gelegene Wasser zu gelangen. Es dauerte ungefähr eine halbe Stunde, bis alle Büffel ihren Durst gestillt hatten. Nun lagerten sie träge, dicht aneinandergedrängt und zufrieden schnaubend im aufgewühlten Morast.

Für uns hieß es unwiderruflich Abschied nehmen, Abschied von einem gelebten Traum.
Es war bereits dunkel, als wir in Diani Beach ankamen. Sobald die Zimmertür hinter uns ins Schloss gefallen war, entledigte ich mich meiner durchgeschwitzten Sachen und huschte begierig unter den heißen Strahl der Dusche.
Rosa Schaumflocken tropften von meinem Kopf, als ich mir den Staub der Savanne aus dem Haar wusch.
Das Restaurant, von Stimmengewirr erfüllt, erstrahlte im Licht unzähliger, bunter Glühlampen, welche sich unter dem Dachgebälk entlang zogen. Eine dreiköpfige Band versprühte afrikanisches Flair und auf der Freilichtbühne, von Hotelgästen dicht umringt, bot ein Schlangenbeschwörer seine makabren Kunststückchen dar.
Mit behutsamer Unnachgiebigkeit eroberte uns die Zivilisation mit all ihren Annehmlichkeiten und verspielten Extras Stück für Stück zurück.

Ramman schien glücklich über unser Wiedersehen.
Behutsam zog er mich in die Arme, und Wange an Wange lauschten wir dem Herzschlag des anderen. Ich atmete seinen unverkennbaren Geruch, einem Gemisch aus Salzwasser, Sonnenglut, Schweiß und Erde.
Und urplötzlich durchströmte mich ein Gefühl, geradezu schmerzend ob seiner Intensität, für ihn, der mir stets mit zarter Sanftheit und großem Respekt begegnete. Nur einen Atemzug lang widersetzte ich mich der unabwendbaren Gewissheit: Ich hatte mich verliebt!
„Du hast gefehlt mir", flüsterte er mit heiserer Stimme.
Ich wand mich aus seinen Armen und zog ihn lachend mit mir.
Zwei Turakos stritten krächzend in den Baumkronen, als wir uns am Fluss auf meiner Kanga niederließen. Mit geöffneten Lippen und großen Augen lauschte Ramman meiner begeisterten Schilderung der Safariabenteuer. Immer wieder musste

ich die Attacke des Elefantenbullen in kleinsten Details wiedergeben.
„Wie groß war dieser Elefant?"
Ich beschrieb einen riesigen Bogen mit meinen Armen.
Er staunte.
„Und du hast keine Angst?"
„Doch, hatte ich."
Er bedachte mich dennoch mit einem anerkennenden Blick.
„Ich habe noch nie gesehen so was." Ein unangenehmer Druck machte sich in meiner Magengegend breit. Ich sprang auf, um in die lauwarmen Fluten des Ozeans abzutauchen. Ramman holte mich ein und zog mich übermütig ins Wasser. Wir gaben uns unserem Lieblingsspiel hin: Sobald der Ozean eine riesige Woge mit unbändiger Kraft gen Ufer schleuderte, schrie ich zum Schein vor Angst. Sofort stellte sich Ramman hinter mich, seine Arme schützend um meinen Leib schlingend. Doch schon Sekunden später sogen uns die ungestümen Wassermassen unerbittlich in ihren schwarzen Schlund, um uns schließlich wie Schaumkronen ans Licht emporzuheben. In inniger Umarmung trudelten wir an der sich glättenden Wasseroberfläche. Ramman belohnte sich für seine vergeblichen Rettungsversuche mit salzigen Küssen. Viel Zeit blieb ihm dafür allerdings nicht, denn die nächste herannahende Welle zwang ihn erneut auf seinen ruhmlosen Posten.
Erschöpft legten wir uns schließlich am schattigen Ufer nieder und starrten schweigend in das dichte, von einzelnen Sonnenstrahlen durchbrochene Blätterdach über uns. Plötzlich setzte sich Ramman mit einer raschen Bewegung auf und lag im selben Moment auch schon auf mir. Das Gewicht seines Körpers bettete mich in den feinen Sand und sein keuchender Atem umfing mich wie eine lodernde Flamme. Seine Küsse waren heiß und fordernd.
„Ich will dich. Du musst kommen in mein Dorf."

„Das werde ich ganz bestimmt nicht tun", protestierte ich lasch.
„Doch, du musst. Ich spreche mit Mama."
In ungestümer Umarmung rangen wir beide nach Luft. Ich begehrte ihn! Und meinen Verstand hatte ich längst unter irgendeiner Sandbank im Indischen Ozean vergraben.
Auf dem Rückweg zum Hotel vernahm ich hinter uns plötzlich das anschwellende Dröhnen eines Motors. Noch bevor ich die Situation realisierte, hatte Ramman, mich am Arm hinter sich herziehend, die steile Uferböschung erklommen. Aus der Perspektive eines Hochstands beobachteten wir nun den jungen Kenianer auf seinem Motorrad.
Schlingernd raste er durch den aufstiebenden Sand, bis er nach wenigen Metern stürzte, seine Beine unter der laufenden Maschine begraben. Mit einem irren Lachen rappelte er sich jedoch sogleich wieder auf, um seinen halsbrecherischen Trip am Ufer entlang fortzusetzen.
Während die meisten Spaziergänger und Badelustigen eiligst Zuflucht auf der Uferböschung gesucht hatten, entgingen die Säumigen einer Kollision lediglich durch einen beherzten Sprung ins offene Meer.
„Der ist verrückt!", stellte ich fest.
„Besoffen!", korrigierte Ramman lapidar.
Als der Mann das Motorrad wendete und sich erneut mit ohrenbetäubendem Lärm näherte, rannten vier junge Männer hinunter an den Strand. In Windeseile entrollten sie ein riesiges Netz und breiteten es über den feinen Sand.
Und tatsächlich landete Sekunden später ein außergewöhnlicher, wild zappelnder Fisch samt fahrbarem Untersatz in dem großlöchrigen, für einen derartigen Fang jedoch vorzüglich geeigneten Fischernetz. Mit einem Handgriff durch die Maschen hindurch den Lenker umfassend, brachte einer der Männer die rotierenden Räder zum Stehen. Schließlich, aus dem Wirrwarr der Maschen herausgeklaubt, nahmen zwei Männer, den Wahnwitzigen unter den Armen stützend, in ihre Mitte, während

die beiden anderen sich des Motorrads annahmen. Hinter dem flachen Bootshaus am Strand entschwand der Tross unserem Blick.

Locker und gut gelaunt empfing Mohamed die zehn Teilnehmer der Buschsafari pünktlich um sieben Uhr dreißig in der Hotellobby.

Im landesüblichen Kleinbus schob sich Sonya, getreu ihrem Kredo „Hier haben wir bei einem Crash vielleicht noch eine Überlebenschance", durch den Gang auf die beiden hinteren Plätze, die ohnehin keiner wollte.

Bald schon hatten wir Diani Beach hinter uns gelassen und fuhren nun vorbei an Scharen von Menschen, die in Richtung Mombasa auf dem Weg zu ihren Arbeitsplätzen in der Stadt die Straße säumten. Viele von ihnen trugen blendend weiße Hemden oder T-Shirts, was mich, angesichts der Lebensumstände, immer wieder in Erstaunen versetzte.

Eine dreiviertel Stunde später war das erste Etappenziel erreicht. Zu Fuß marschierten wir im Gänsemarsch auf einem schmalen Pfad, entlang eines verwilderten Maniokfeldes, hinein in einen dichten, niedrigen Wald, welcher sich durch eine außergewöhnliche Vielfalt an Bäumen und Pflanzen auszeichnete. Und, wollte man Mohameds Beteuerungen glauben, waren etliche derer Spender potenzieller Wundermittel gegen Gebrechen aller Art. So gab es Blätter, welche, zu einem Sud gebraut, für Linderung bei Sonnenbrand und Durchfallerkrankungen sorgten, Wurzeln zur Behandlung von Infekten und Blüten gegen Juckreiz.

„Man kann nie wissen!", ließ Sonya für alle Fälle eine Handvoll darmberuhigender Blätter in ihrem Rucksack verschwinden, als sich die Gruppe bereits um einen weiteren Wunderbaum scharte.

Offensichtlich jedoch war das Interesse an traditioneller Medizin längst versiegt, denn wie anders waren ansonsten die endlosen Warteschlangen vor den Hospitälern zu erklären?

Am Waldessaum trafen wir schließlich auf die erste Ansiedlung, einem kleinen, aus kreisförmig angeordneten Lehmhütten bestehenden Dorf.

Der Dorfälteste, ein hagerer Mann Anfang fünfzig, empfing seine Gäste artig auf dem frisch gekehrten Dorfplatz, um welchen herum Balken zu ebener Erde als Sitzgelegenheit dienten.

Eine blutjunge Frau mit einem Baby auf dem Arm nahm schüchtern lächelnd auf einem Baumstumpf nahe der Gruppe Platz. Während sie selbst traditionelle Kleidung trug, hatte sie ihre kleine Tochter in ein weißes Dederonkleid mit aufwendigem Rüschenbesatz gezwungen. Als dritte Frau des Dorfoberhauptes erfreute sie sich des Titels „Lieblingsfrau" und besaß, wie auch jede der beiden anderen Ehefrauen, eine eigene Hütte.

Nachdem alle, gegen einen nach Gutdünken wählbaren Obolus, eine Banane verzehrt hatten, folgten wir der enthusiastischen Einladung unseres Gastgebers zur Besichtigung seiner unlängst neu erbauten Hütte.

Beim Betreten derselben nahm ich zunächst nur schemenhafte Umrisse war, welche jedoch allmählich Gestalt annahmen. Die Hütte bestand aus zwei winzigen Räumen sowie einer Küche. Im Wohnraum standen mehrere Holzkisten wahllos herum, welche vermutlich, je nach Bedarf, als Tisch oder Sitzmöbel genutzt wurden. Den angrenzenden Raum füllte ein breites, grob gezimmertes Bett mit einer darüber gebreiteten Wolldecke gänzlich aus. Über dem Bett spannte sich ein mit Kleidungsstücken behängtes Seil.

Die Küche bestand überwiegend aus einer gemauerten Feuerstelle, in deren Mitte auf einem hochbeinigen Metallgestell ein massiver, von Ruß geschwärzter Emailletopf thronte. Auf einer schmalen, dilettantisch gezimmerten Holzbank lagerten Blechbüchsen unterschiedlicher Größe, Schüsseln aus Ton, Suppenkellen und Löffel. Ein penetranter Geruch kalten Rauchs hatte sich in Wände und Mobilar der fensterlosen Hütte gefressen, welche über keinen befestigten Boden verfügte. Man lief wie am Strand durch feinen Sand. Wieder unter freiem Himmel blieb ich für einen Moment, geblendet vom grellen Sonnenlicht, in unmittelbarer Nähe des Hausherren stehen, der geduldig lächelnd neben der geöffneten Tür seiner Hütte wartete, bis auch der letzte Besucher sein Heim verlassen hatte.

Auf dem Dorfplatz herrschte inzwischen reges Treiben. Frauen waren damit beschäftigt, gelbe Plastekanister an der Pumpe mit Wasser zu füllen, junge Mädchen saßen, einander Zöpfe flechtend, in Grüppchen am Boden und Kinder aller Altersgruppen hüpften begeistert um die Weißgesichter herum. Über den Rand einer abgestellten Schubkarre hingen zwei schlaksige Arm- und Beinpaare. Jene gehörten zu einem jungen Mann, der sich einem offenbar dringend erforderlichen Nickerchen hingab.

In unserer inzwischen quietschvergnügten Runde wurden Mohameds Übersetzerkünste arg strapaziert. Verschlagen erkundigte sich der Dorfälteste bei dem älteren, alleinreisenden Herren, ob der eine Frau habe. Nein, hatte der Gefragte nicht. Oh, das träfe sich gut. Die Frau seines verstorbenen Bruders, für die er momentan sorgen müsse, bräuchte dringend einen neuen Ehemann. Er könne gern mit ihr in seinem Dorf leben, besser wäre es jedoch, sie mit nach Deutschland zu nehmen. Der Schalk blitzte ihm dabei nur so aus den Augen.

Unvermittelt erhob er sich und griff nach der hinter seinem Sitz liegenden Machete. Mit federnden Schritten begab er sich sodann zum Fuß einer gerade gewachsenen, etwa zehn Meter hohen Palme. Nachdem er die Machete über seinem Gesäß unter den Gürtel geschoben und ein knappes Seil um seine Taille und den durchweg glatten Baumstamm geschlungen hatte, umklammerte er diesen mit Armen und Beinen, um mittels ruckartiger Bewegungen dem Wipfel entgegenzustreben.

Ich hoffte inständig, dass er sein Vorhaben aufgeben und auf festen Boden zurückkehren möge. Er jedoch erstritt unbeirrt Meter um Meter. Und dann schlug aus schwindelnder Höhe die erste Kokosnuss auf dem Boden auf! Und noch eine und noch eine, bis es elf an der Zahl waren. Erlöst atmete ich auf, als er sich endlich wieder unversehrt unter uns befand.

Mit Hilfe einer angespitzten Metallstange, welche schrägwinklig in den sandigen Boden des Dorfplatzes gerammt worden war, befreite er die Kokosnüsse sodann von deren dicker, grüner Schale. Dazu nahm er eine Frucht zwischen die Hände, um diese mit voller Wucht auf die Spitze der Stange zu schlagen. Augenblicklich teilte sich die Schale, sodass er den braunpelzigen, ovalen Kern nun mühelos herausklauben konnte. Mit seiner Machete entfernte er alsdann die Kuppe an einer der schmalen Seiten und kredenzte jedem von uns eine solcherart jungfräuliche Kokosnuss wie einen mit Wein gefüllten Kelch.

Mit dem zweifelhaften Versprechen eines Wiedersehens verabschiedeten wir uns nach einem fast zweistündigen Aufenthalt. Unser Fahrer schreckte benommen aus seinem Pausenschlaf auf, als wir uns lachend und laut schnatternd dem Bus näherten. Weiter ging die Fahrt nun auf staubigen Straßen, durch dichte Wälder und entlegene Dörfer. Kinder liefen lachend winkend neben uns her: „Jambo, jambo!" Bonbons flogen wie bunte Schmetterlinge aus dem Bus.

„Dürfte ich für einen Moment um Ihre Aufmerksamkeit bitten?", versuchte sich Mohamed, der Reisegruppe zugewandt neben dem Fahrer stehend, Gehör unter den aufgekratzten Gelegenheitsabenteurern zu verschaffen. Als endlich zehn Augenpaare gespannt die braune Kapsel, welche er zwischen Daumen und Zeigefinger in die Höhe hielt, musterten, begann Mohamed seinen Vortrag.

„Diese kleine Frucht hat es, auch wenn man es ihr nicht ansieht, wirklich in sich", sagte er in schulmeisterlichem Tonfall. „Wenn Sie die Hülle auseinanderziehen, gelangen Sie an das Fruchtfleisch mit seinen Kernen, das eine sehr intensive, mehrere Stunden anhaltende, rote Farbe absondert. Deshalb wird es gelegentlich noch heute zur Körperbemalung bei der Aufführung traditioneller Tänze verwendet." Damit übergab er das Anschauungsobjekt zur Begutachtung dem Paar auf der vorderen Sitzbank. Von Hand zu Hand weitergereicht, landete jenes schließlich bei Sonya und mir. So, wie das Ding aussah, hätte uns Mohamed auch weismachen können, dass sich darin ein Computerchip befände. Also traten wir als einzige den experimentellen Nachweis seiner Behauptung an und strichen die aufgeklappte Frucht nacheinander über unsere Lippen. Mit sekundenschnellem, verheerendem Erfolg!

„Ach du heiliger Bimbam!", wunderte sich Sonya noch mit Blick auf meinen Mund, als ich in meiner Umhängetasche auch schon nach dem kleinen Handspiegel fischte.

Unsere Lippen leuchteten in grellem, verschmiertem, sündhaftem Rot. Vergeblich versuchten wir, die Farbe mittels spuckegetränkter Taschentücher zu entfernen.

„Noch 'ne Handtasche in der gleichen Farbe und wir könnten uns locker 'n paar hundert Schilling dazu verdienen", stellte Sonya trocken fest.

Unser gelungenes Experiment blieb auch von Mohamed nicht unentdeckt.

„Sehen Sie, genau wie ich gesagt habe!", machte er begeistert auch den Letzten im Bus auf unser Dilemma aufmerksam. Der Kleinbus hielt erneut am Fuße eines Bergrückens. Da offenbar schon Touristenkolonnen vor uns natürliche Hindernisse aus dem Weg geräumt hatten, gestaltete sich der Aufstieg relativ mühelos.

Nach knapp vierzig Minuten war der Gipfel erklommen, von welchem aus sich dem Betrachter das beschauliche Panorama ursprünglicher Natur bot. Sattgrüne, von roten Schlangenlinien durchzogene Haine wechselten sich neben weiten Flächen vergilbten Grases ab. Nur die vereinzelt in den Himmel emporsteigenden, schmalen Rauchsäulen ließen die Existenz von Menschen vermuten.

Schließlich ließen wir uns auf den Bastmatten des mit Palmenblättern überdachten, in alle Himmelsrichtungen offenen Rondells, zu unserer ersten, ordentlichen Mahlzeit an diesem Tag nieder. Ein junger Koch stellte mehrere Schüsseln mit Toast, Zwiebelringen, in Scheiben geschnittenen Tomaten und gebratenen Fleischstückchen auf den Boden.

Sodann versuchte ein jeder, die für ihn bequemste Sitzhaltung einzunehmen, als Mohamed zu uns trat.

„Ich sehe schon, Sie wissen nicht, wie man afrikanisch isst." Augenblicklich lag er bäuchlings vor den gefüllten Schüsseln, seinen Oberkörper auf die Unterarme stützend. Lachend folgten wir, wenn auch zögerlich, seinem Beispiel und machten uns unter großer Gaudi über das gewöhnungsbedürftig arrangierte Menü her.

Während sich die Gruppe zum Abstieg rüstete, winkte uns Mohamed aufgeregt zu einem weit ausladenden Affenbrotbaum. Blitzschläge hatten den kräftigen Stamm zerborsten und seine faserigen Eingeweide bloßgelegt. Mohamed deutete mit ausgestrecktem Arm auf ein dunkles, zwischen Laubwerk verborgenes Nest.

„Killerbienen!", strahlte er, als hätte er uns soeben die Goldreserven Kenias offeriert.

Seinen weitschweifigen, von tausendfachem Summen untermalten Ausführungen zu Leben und Umtrieb der gemeinen Killerbiene als solche mochte allerdings so recht niemand folgen. Sichtlich enttäuscht über das Desinteresse seiner Zuhörerschaft gab er schließlich das Zeichen zum Aufbruch.

Gudrun lernte ich fünf Tage vor meiner Abreise kennen. Ramman war an jenem Tag mit einem der Jungens aus seinem Laden nach Ukunda gefahren, um neue Ware zu ordern.

Zart blond, mit einem kaffeebraunen Baby auf dem Schoß, saß sie im Sand und winkte ab und an lächelnd in Richtung Ozean. Ich ließ mich unweit von ihr nieder und genoss die sanfte Meeresbrise.

„Entschuldigung, kommen Sie vielleicht aus Deutschland?" Ihre großen, hellblauen Augen waren erwartungsvoll auf mich gerichtet.

„Ja, aus Berlin."

„Das ist interessant!", rückte sie näher. „Bis zu meinem fünfzehnten Lebensjahr lebte ich, bevor meine Eltern nach Hamburg umsiedelten, auch in Berlin."

Schon bald plauderten wir angeregt über Gott und die Welt.

„Ich heiße Gudrun. Das ist Nora, meine Tochter." Mit einer Kopfbewegung deutete sie auf das Baby in ihrem Schoß. „Sie ist eineinhalb Jahre alt."

„Steffi", entgegnete ich, während die Kleine unverwandt ihre schwarzen, mandelförmigen Augen auf mich richtete.

Mitten im Gespräch fuhr ich erschrocken zusammen, als plötzlich ein Regenschauer auf mich niederzugehen schien.

Als ich aufblickte, sah ich in zwei feixende Gesichter, welche sich offenbar ihres gelungenen Überraschungsangriffs erfreuten, während Klein Nora das Gesicht verzog, unschlüssig, ob in diesem Fall Lachen oder Weinen angebracht sei.

„Ihr seid unmöglich!", bemerkte Gudrun, sich das Wasser mit einer Hand von ihrer Schulter wischend, dem Mann und dem Jungen zugewandt, welche sich zu uns in den Sand setzten.

„Das sind mein Mann und mein Sohn Benjamin", wies Gudrun nacheinander auf die beiden. „Wahre Prachtstücke, wie sie gerade wieder einmal unter Beweis gestellt haben."

Der Mann nickte mir lächelnd zu. „Hallo, ich bin Alex."

„Steffi", erwiderte ich sein Lächeln.

Benjamin warf mir lediglich einen verschmitzten Blick zu. Mir fiel auf, dass er die gleichen mandelförmigen Augen wie seine Schwester besaß, eine offensichtlich gelungene Mischung, zumindest was die Form betraf, aus den großen Augen der Mutter und den schmalen ihres Vaters. Bezüglich der Farbgebung behaupteten allerdings eindeutig Alex' Gene ihren Heimvorteil.

„Ihr könnt von Glück reden, dass es nur eine Handvoll Wasser war. Andernfalls hättet ihr euch auf etwas gefasst machen können!", wetterte Gudrun nun in gespieltem Ärger.

Eine offenkundig wirkungslose Androhung wie der von einem breiten Grinsen begleitete Blickkontakt zwischen Vater und Sohn belegte.

Alex verfügte mit seiner gedrungenen Gestalt und den tief liegenden, schmalen Augen nicht unbedingt über jene Attribute, welche einen schönen Mann auszeichnen. Dennoch verliehen ihm seine ruhige, volle Stimme und sein, mit leichtem Akzent gesprochenes, fließendes Deutsch einen gewissen Charme.

„Eigentlich hatten wir damit gerechnet, meinen Schwager anzutreffen", sagte Alex nach einer Weile mit Blick in Richtung der Verkaufsstände, „aber leider ist er nicht da."

„Versuchen wir's eben nächste Woche noch einmal", bemerkte Gudrun leichthin, um sich wieder mir und unserer unterbrochenen Unterhaltung zuzuwenden.

Der Strand verwaiste zusehends, als Gudrun und ich noch immer miteinander schwatzend im Sand saßen.

Während Alex und Benjamin aus den Fluten des Ozeans stiegen, um sodann auf uns zuzusprinten, begann Nora zu quengeln.

„Wird langsam Zeit für sie", stellte Gudrun fest, indem sie die Nuckelflasche mit einem verschwindenden Rest Saft darin aus ihrem Stoffbeutel am Boden zog.

„Schade, dass wir uns nicht eher kennengelernt haben", entgegnete ich in aufrichtigem Bedauern.

„Du sagst es", pflichtete mir Gudrun bei, „aber das bedeutet noch lange nicht, dass ich dich so einfach gehen lasse. Was hältst du von einem gemeinsamen Abendessen bei uns? Sicher gibt es noch eine Menge, worüber wir reden könnten. Und wer weiß, wann sich eine solche Gelegenheit wieder einmal bieten wird?"

„Ein Abendessen bei euch?", fragte ich.
„Ja, heute Abend."
Sie bemerkte mein Zögern.
„Natürlich würde Alex dich abholen und wieder zum Hotel zurückfahren. Wir besitzen ein kleines Taxiunternehmen. Mit dem Auto sind es bis zu unserem Haus knappe zehn Minuten." Dann blickte sie zu Alex auf, der inzwischen keuchend neben ihr stand.
„Würde doch klappen, oder?"
„Ja. Ich freue mich auf deinen Besuch", lächelte mir Alex zu, noch immer außer Atem.

Viertel acht, fünfzehn Minuten später als vereinbart, fuhr Alex mit seinem alten Nissan am Schlagbaum des Hoteleingangs vor. Obwohl er sämtliche Scheiben heruntergekurbelt hatte, klebte ich schon nach wenigen Metern schweißnass am Beifahrersitz. Während der Fahrt versuchte er sich in lockerem Small Talk.
Gerade waren wir von der Asphaltstraße in Richtung Ukunda auf einen staubigen Pfad abgebogen, als der Wagen auch schon hielt.
„Willkommen bei mir zu Hause!", verkündete Alex. Durch die Dunkelheit hindurch nahm ich hinter einer mannshohen Bougainvillea-Hecke die Umrisse des Hauses mit dem hohen Makuti-Dach und den weißgetünchten Wänden wahr.
„Warte noch einen Moment", bat mich Alex, um sich zu Fuß zum Eingangstor zu begeben. Augenblicklich sprangen mehrere Hunde laut kläffend an den Gitterstäben des Zauns empor, sich jedoch sogleich beruhigend, sobald sie in dem Herannahenden den Hausherren erkannt hatten.
Kurz nachdem Alex samt Hunden meinem Blickfeld entschwunden war, erschien Gudrun mit einer hell leuchtenden Laterne in der Hand an der Pforte und winkte mich mit einer einladenden Geste zu sich. Ängstlich nach den Hunden ausspähend, betrat ich das Grundstück. Gudrun lachte.

„Keine Angst, die sind jetzt alle im Zwinger."
Zwischen Gartentor und der Eingangstür des Hauses lagen ungefähr zwanzig Meter. Jeweils drei Solarlampen zwischen üppig blühenden Stauden säumten zu beiden Seiten den mit kleinen Feldsteinen ausgelegten Weg, an dessen Ende eine aus fünf Stufen bestehende Treppe zum Hauseingang führte.
Ich betrat einen geräumigen Flur mit mehreren, offen stehenden Türen.
„Elektrischen Strom besitzen wir leider noch nicht. Aber daran kann man sich gewöhnen", bemerkte Gudrun, während ich ihr über den in auffälligem Dekor gefliesten Fußboden ins Wohnzimmer folgte.
„Ist ja aber fast so hell, wie mit", stellte ich fest, mich im öllampenerhellten Wohnzimmer umsehend, dessen Einrichtung durchweg aus massivem, dunklem Mobiliar bestand.
„Und das ist unsere neueste Errungenschaft", lächelte Gudrun, als sie vom Wohnzimmer durch die breite Türöffnung auf die noch unfertig wirkende Terrasse hinaustrat.
„Einfach märchenhaft!", schwärmte ich, an der Brüstung der Terrasse lehnend, mit Blick auf den angrenzenden Garten voller Hibiskussträucher mit flammend roten Blüten. Ich war tatsächlich überwältigt und Gudrun sonnte sich in meiner Begeisterung.
„Das alles hat uns schon etliche Jahre Arbeit gekostet. Und Nerven!", sagte sie sodann. „Kurz vor Benjamins Geburt, er ist inzwischen acht, sind wir hier eingezogen. Doch ohne die Unterstützung seitens meiner Eltern säßen wir vermutlich noch immer in unserer Mietwohnung in Mombasa. Meine Eltern waren und sind uns eine große Hilfe." Und nach einer kurzen Pause fügte sie schmunzelnd hinzu: „Na ja, vielleicht nicht ganz uneigennützig. Immerhin verbringen sie regelmäßig ihren Jahresurlaub bei uns."
Zum Essen versammelten wir uns um den rechteckigen Tisch, welchen Alex zuvor auf die Terrasse gestellt hatte. Drei an

deren Brüstung befestigte Fackeln waren nicht nur als romantische Lichtquelle gedacht, sondern dienten vor allem der Abschreckung unliebsamer Insekten.

„Du meine Güte! Wann habt ihr denn all das gezaubert", rief ich erstaunt aus, während Gudrun und Alex geschäftig Schüsseln voll Stücken gebratenen Hühnchens, Reis, Kochbananen und Mangomus als Dessert auf der Tischplatte platzierten.

„Ohne eine gehörige Portion Improvisationstalent sind die allgemeinen Überlebenschancen in Afrika verschwindend gering", entgegnete Gudrun lachend.

Während Benjamin mit sichtbarem Appetit zulangte, kaute Nora mit gerunzelter Stirn und gelegentlichem, vor Ekel verzogenem Mund an einem Streifen Brustfleisches, welchen sie fest zwischen ihren drallen Babyhänden hielt. Da sie bis zu ihrem ersten Lebensjahr gestillt worden war, verstand sie noch immer nicht, warum ihr diese bequeme Art der Nahrungsaufnahme plötzlich verweigert wurde.

Gudrun hatte sich als Einundzwanzigjährige während ihres Urlaubs, dem Geschenk ihrer Eltern anlässlich ihres bestandenen Examens als Krankenschwester, in den gleichaltrigen Reiseleiter Alex verliebt und sich für ihn und dessen Heimat entschieden.

Die ersten drei Jahre, bis zur Fertigstellung ihres Hauses in Diani Beach, lebten sie in einer Mietwohnung in Mombasa. Eine schwere Zeit, wie beide einräumten. Aber inzwischen lief alles bestens und die Kinder, beide gebürtige Hamburger, waren der ganze Stolz ihrer Eltern.

„Schade, dass wir nicht mit Ramman sprechen konnten", bemerkte Alex unvermittelt, in sein Schälchen mit dem Mangomus starrend. Ich horchte auf.

„Ramman", beeilte sich Gudrun zu erklären, „ist quasi sein Schwager. Das heißt, Alex' Schwester und Ramman waren einige Jahre ein Paar und haben eine gemeinsame fünfjährige Tochter."

Ein Hühnchenflügel und eine Kinderportion Reis mit Kochbananen schickten sich augenblicklich an, meinen Verdauungstrakt in entgegengesetzter Richtung zu verlassen. Gerade noch rechtzeitig fügte Gudrun hinzu: „Leider haben sie sich vor fast einem Jahr getrennt."
Mein Mageninhalt trat entspannt den Rückzug an.
„Was wolltest du so Dringendes von ihm?", fragte ich Alex.
„Es wäre gut, wenn Ramman bei uns arbeiten würde. Der Fahrer, den wir vor einigen Monaten eingestellt hatten, ist nicht sehr zuverlässig", entgegnete der. „Und Ramman gehört schließlich zur Familie. Aber er hat unser Angebot schon einmal abgelehnt, mit der Begründung, gut von seinem Laden leben zu können. Ich glaube jedoch, dass es ihm eher um seine Unabhängigkeit geht." Unmutig runzelte Alex die Stirn.
Mein Atem ging schwer, als ich fragte:
„Wo ist seine Frau jetzt?"
„Grace? Sie lebt im selben Dorf, schon seit beider Kindheit. Wirklich bedauerlich, dass sich die beiden getrennt haben. Aber ein fürsorglicher Vater ist Ramman nach wie vor."
Alex bedachte Gudruns Feststellung mit einem andächtigen Nicken.
Noch nie zuvor hatte ich mich Ramman so nah gefühlt, wie in jenem Augenblick. Dank dieser kleinen Familie erschienen mir sein Leben und er selbst auf einmal als etwas Greifbares, etwas Reales. Mich zu ihm zu bekennen, erachtete ich allerdings unter den gegebenen Umständen als unangebracht.
Es war bereits kurz nach Mitternacht, als ich mich erhob.
„Danke für den schönen Abend."
„Wir haben dir zu danken", entgegnete Gudrun, „ich wünsche dir einen guten Heimflug!
Und sollte es dich wieder einmal nach Kenia verschlagen, wärest du uns jederzeit herzlich willkommen."
Winkend stand sie neben der Pforte, bis die Dunkelheit das Taxi endgültig verschlang.

Am nächsten Morgen trafen wir uns, wie immer, am Strand. Rammans Lachen war einer tiefen Traurigkeit gewichen. Er hatte begonnen, die Tage bis zu meinem Abflug zu zählen.
„Noch vier Tage", sagte er mit tonloser Stimme. Sein Blick verlor sich in der unendlichen Weite des Horizonts. Auch ich verspürte längst eine täglich zunehmende Beklemmung. Ich wollte nicht weg von hier. Nicht weg von diesem Land, nicht weg von ihm.
„Morgen wir gehen zusammen zu mir, ja?"
Sein Blick war flehend auf mich gerichtet. Ja, ich war bereit, aber vorher wollte ich von ihm hören, was er mir bisher verschwieg. Deshalb wagte ich einen zaghaften Vorstoß.
„Ich weiß nicht, vielleicht gibt es in deinem Dorf Leute, die mich nicht mögen."
„Immer es gibt solche Leute, überall. Das für uns kein Problem", bemerkte er leichthin.
Ich ließ nicht locker.
„Und was ist, wenn mir eine Frau die Augen auskratzt, weil sie dich will?"
Er stutzte. „Was ist ‚auskratzt'?"
Ich streckte meine verkrallten Hände seinem Gesicht entgegen. Verstehend lachte er.
„Keine will Ramman, darum ich muss nehmen dich."
Ich verpasste ihm eine angedeutete Kopfnuss.
„Ach, hör auf, keine Frauen, keine Kinder ...?"
Er schwieg. Hand in Hand standen wir am Ufer. Ein Segelboot trotzte den sich aufbäumenden Wellen der einsetzenden Flut. Den Blick noch immer zum Meer gewandt, sagte er schließlich mit leiser Stimme: „Ja, ein Kind ich habe."
Dann schaute er mich mit glänzenden Augen an.
„Ayele. So schön, so klug. Du musst kennenlernen sie."
Gudrun und Alex erwähnte ich mit keinem Wort.

Mit einem prall gefüllten Leinenbeutel in Rammans Hand und der für Spontantrips prädestinierten Umhängetasche über meiner Schulter, brachen wir am Nachmittag des folgenden Tages zu Rammans Dorf auf.

Zunächst führte der roterdige, holperige Weg entlang brachliegenden Ackerlands. Ziegenherden stoben auseinander, sobald wir uns ihnen näherten.

Schlagartig verschwand die Sonne, als wir den dichten, feuchtwarmen Wald betraten. Bedrückende Stille machte sich breit.

„Gibt es hier eigentlich gefährliche Tiere?", fragte ich, ängstlich umherschauend.

„Normalerweise nicht. Sie mögen nicht immer nur schwarzes Fleisch. Aber heute, vielleicht schon? Ich habe Bescheid gesagt, dass kommt eine schöne, weiße Frau."

Er umfasste mit dem rechten Arm meine Hüfte, zog mich an sich und gab mir einen Kuss auf die Wange.

„Nein, wirklich, gibt nicht. Ein paar Schlangen, aber wenn hell, das kein Problem."

Er glaubte tatsächlich, dass „ein paar Schlangen" keinerlei Anlass zur Sorge böten!? Argwöhnisch beobachtete ich ab sofort jeden augenscheinlich am Boden liegenden Zweig in Erwartung eines plötzlichen Emporschnellens.

Endlich traten wir wieder in gleißendes Sonnenlicht. In der Ferne lugten zwischen hohen Baumgruppen bereits die ersten Häuser einer Ansiedlung hervor.

Wir hatten das Dorf fast erreicht, als die Nacht den Tag mit einem gierigen Biss urplötzlich verschlang.

Im fahlen Licht der vor den Türen aufgestellten Öllampen saßen Menschen, Schatten gleich in Grüppchen versammelt, schwatzend beieinander. Meine Hand fest umklammert, zog mich Ramman zielgerichtet zu einem kleinen, aus roten Ziegelsteinen erbauten Haus. Eine knarrende Tür gab den Weg frei in undurchdringliches Schwarz.

„Moment."

Ich hörte Ramman im Dunkeln hantieren, während ich auf der Schwelle verharrte. Endlich erfüllte gedämpftes Licht den

Raum. Überrascht sah ich mich um. Entgegen meiner Erwartung verfügte der Raum über eine, wenn auch spartanische, so doch durchaus akzeptable Einrichtung. In der Mitte des Raums stand ein rechteckiger Holztisch mit je zwei Stühlen aus dunkelblauem Plast an den Längsseiten. Eine grobe, ungepolsterte Holzbank sowie ein Standregal und ein mannshoher Kleiderschrank lehnten an den Wänden.
Der angrenzende Schlafraum wurde durch ein breites, mit aufwendigen Schnitzereien verziertes Bett ausgefüllt.
In der Küche befand sich neben der gemauerten Feuerstelle eine schmale Anrichte mit einem darüber angebrachten Wandbrett, auf welchem wahllos abgestellte Teller und Tonschüsseln lagerten. Gestampfter Lehm diente als Fußboden im gesamten Haus.
„Gefällt dir?" Nervöse Spannung lag in Rammans Gesicht.
„Ja, schön."
Erleichtert lächelte er.
„Ich habe gebaut diese Haus für Grace, Mama von Ayele, und meine Kind, zusammen mit Bruder von Grace."
Es war offensichtlich, dass Alex nicht nur seine Arbeitskraft zur Verfügung gestellt hatte.
Suchend sah ich mich um.
„Wo kann ich mir die Hände waschen?"
„Ah, ja, Dusche ist neben Haus."
Er griff nach der im Standregal liegenden Stabtaschenlampe. An der Giebelseite, hinter einem aus Bananenblättern gefertigten Sichtschutz, reihten sich am Boden vier gelbe Plastekanister aneinander. Auf dem Stumpf eines abgesägten Baumstamms kippelte eine zerbeulte Emailleschüssel neben einem Stück zergehender, matschiger Seife.
Während ich mir die Hände einschäumte, schweifte mein Blick zufällig nach oben.
„Was ist das?", fragte ich, mit meinem Zeigefinger auf die in Kopfhöhe an einem Ast hängende Gießkanne weisend.

„Dusche!", entgegnete Ramman und zog im selben Moment lässig an dem um den Kannenhals geschlungenen Seil. Nur mein waghalsiger Sprung in ungewisses Dunkel bewahrte mich vor einer unfreiwilligen Textilwäsche.
Wir bogen uns vor Lachen.
„Gleich kommt Mama. Wir zusammen essen", sagte Ramman, als wir wieder im Haus waren.
Ich war mir nicht sicher, überhaupt einen Bissen hinunterzubekommen. Meine seit dem Morgen anhaltende Nervosität, nicht nur angesichts des geplanten gemeinsamen Essens, ließ meine Eingeweide unkontrolliert grummeln. Bevor ich mich jedoch ganz meinem revoltierenden Innenleben widmen konnte, wurde die Tür überraschend aufgestoßen und eine ältere Frau, gefolgt von drei jungen Mädchen, betrat den Raum. Die Frau trug schwer an einem großen, ruß-geschwärzten Topf, zwei der Mädchen hielten je eine Tonschüssel zwischen den Händen.
Zunächst würdigte mich die Frau keines Blickes.
In gebieterischem Ton erteilte sie lautstark Anweisungen. Ramman nahm ihr den Topf ab und stellte ihn auf den Tisch im Wohnraum. Die Mädchen taten es ihm mit den Schüsseln gleich. Nun endlich wandte sich die Frau mir mit einem abschätzenden Blick zu. Dann streckte sie mir mit einem kaum merklichen Lächeln die Hand entgegen.
„Jambo, Steffi."
„Jambo, Mama."
Die Mädchen kicherten verlegen. Während wir einander die Hände gaben, stellte Ramman sie mir nacheinander vor.
„Das ist Rose, Tyrese, Julinha."
Sie waren fünfzehn, achtzehn und neunzehn Jahre alt.
Da Rammans älterer Bruder mit seiner Familie im Nachbarort lebte und sein Vater vor Jahren gestorben war, galt somit er als Familienoberhaupt, jenem Status, welcher zwangsläufig den Unterhalt der Familie einschloss. Die Mädchen trugen ihrer-

seits mit gelegentlichen Jobs in verschiedenen Hotels zu einer Aufbesserung des karg bemessenen Haushaltsbudgets bei. Nachdem Ramman die mit Wasser gefüllte Emailleschüssel vom Baumstumpf zum Händewaschen in die Küche gestellt und Rose und Julinha den Tisch vor die Sitzbank geschoben hatten, nahmen wir unsere Plätze ein. Die vier Stühle wurden den Frauen zugeteilt, während Ramman und ich uns auf der Bank niederließen.

Wohlgeruch erfüllte mittlerweile den Raum, sodass sich mein Magen unvermittelt seiner eigentlichen Berufung besann – ich verspürte einen Mordshunger!

„Ugali", bemerkte Mama, mir zugewandt, als sie den Deckel vom Kochtopf nahm, um sogleich mit der bloßen Hand einem jeden von uns einen Kloß auf den Teller zu legen.

Da es kein Besteck gab, erwartete ich gespannt den Beginn der Mahlzeit. Wie auf ein geheimes Kommando hin klaubten sodann alle ein Stück aus ihrem Kloß heraus, um jenes mit Daumen, Zeige- und Mittelfinger der rechten Hand zu einem kleinen Bällchen zu kneten. Nachdem dieses kurz in die Schüssel mit der roten Soße darin getunkt worden war, verschwand es zusammen mit einem Stück Fleisch aus der anderen Schüssel im Mund. So einfach funktionierte das also! Was jedoch bei meinen Gastgebern wie ein Kinderspiel anmutete, entartete in meinem Fall zum Fiasko. So sehr ich mich auch mühte, das Resultat blieb ein „Nichtbällchen"! Schließlich entschied ich, dass auch mein ungeformter Breiklumpen immerhin genießbar sei und stippte ihn beherzt in die rote Soße. Jener hatte soeben Zunge und Rachen passiert, als ich wie eine Kobra beim Angriff in die Senkrechte emporschnellte! Mit weit aufgerissenem Mund versuchte ich verzweifelt, mir mit den Händen Luft zuzuwedeln. Ich hatte das Gefühl, gerade eine brennende Fackel verschluckt zu haben. Amüsiertes Kichern begleitete meinen Überlebenskampf, bis Ramman sich mitfühlend meiner annahm.

„Gleich vorbei", tröstete er.
„Gleich" war nach ungefähr fünf Minuten. Da eine Kapitulation für mich jedoch nicht in Frage kam, wagte ich einen erneuten Versuch mit etwas weniger der scharf gewürzten Soße. Und tatsächlich arrangierte sich mein Gaumen nach und nach mit der ungewohnten, dennoch überaus schmackhaften Kost.
Ramman stand unerwartet auf und verließ wortlos das Haus. Mit seinem Entschwinden versiegte die bereits zuvor mühselig in Gang gehaltene Konversation endgültig. Da Mama und die Mädchen nur Swahili sprachen, begnügten wir uns mit lächelnden Blickkontakten.
Mamas alterndes Gesicht wies noch immer deutliche Spuren einstiger Schönheit auf. Sie war etwas kleiner als ich und von pummeliger Gestalt.
Dass ihre gertenschlanken, schönen Töchter die gleiche Metamorphose durchleben würden, schien wahrscheinlich.
Ich erkannte es sofort, das kleine, zierliche Mädchen, welches Ramman vor sich ins Zimmer schob. Ayele. Schüchtern lächelnd reichte sie mir die Hand und nahm dann zwischen ihrem Vater und mir Platz. Fasziniert beobachtete ich aus den Augenwinkeln, mit welcher Geschicklichkeit ihre kleinen Finger Bällchen aus dem auf ihrem Teller liegenden Brei formten. Ich liebte dieses Kind vom ersten Augenblick an.
Unmittelbar nach dem Essen signalisierte Julinha, indem sie die leeren Schüsseln in den Kochtopf stellte, den allgemeinen Aufbruch. Die Teller harrten indes übereinander gestapelt in der Küche ihres Abwaschs.
„Morgen", bestimmte Ramman.
Im turbulenten Durcheinander der Verabschiedung mit immer neuen Umarmungen steckte ich Mama, neben dem mit Keks- und Zwiebacktüten, vier kleinen Flaschen Cola sowie einem Päckchen Kaffee vollgestopften Leinenbeutel, ein paar Schilling zu.

Für Ayele hatte ich, in der Hoffnung ihr zu begegnen, zusätzlich zu den aus Deutschland stammenden Süßigkeiten ein Armband sowie eine dazu passende Kette aus bunten Perlen im Souvenirshop des Hotels gekauft. Ihr Strahlen, als sie die Tüte mit beiden Armen fest an die Brust drückte, erwärmte mein Herz. Ich schloss sie für einen Moment in die Arme, was sie reglos über sich ergehen ließ.
Wir waren allein. Die vorübergehend verdrängte Nervosität ergriff erneut mit aller Macht Besitz von mir. Als habe er das gespürt, zog mich Ramman zärtlich an sich.
„Alles ist gut. Wir haben viel Zeit. Ich kann nicht glauben, dass du bist bei mir."
Seine gespreizten Finger fuhren sanft durch mein Haar.
„War gut für dich mit meine family?"
„Ja, sie sind alle sehr nett. Aber bevor ich sie wiedersehen werde, muss ich unbedingt Swahili lernen."
Was ich gedankenlos und scherzhaft dahin geplappert hatte, bedeutete für Ramman ein Versprechen. Er trat einen Schritt zurück und versenkte seinen Blick in meine Augen.
„Wie lange du brauchst, bis du kannst Swahili sprechen?"
Beschämt wich ich aus.
„Ich weiß nicht, kommt drauf an."
„Kommt drauf an? Worauf kommt an? Ob du lebst hier?"
„Ja, vielleicht."
Es widerstrebte mir, jenes Gespräch fortzuführen.
„Gibt es hier auch eine Toilette?", fragte ich deshalb wie beiläufig.
Meine kurz vor der Explosion stehende Blase hätte ein „Nein" allerdings nicht verkraftet. Die Formulierung wäre treffender gewesen „wo"!
„Ja, ich zeige dir."
An der Rückwand des Hauses zeichnete sich im Lichtkegel der Taschenlampe, von Laubwerk umrahmt, ein massiver Balken ab.
„Ich warte."

Ramman hielt die Taschenlampe nun so, dass sich ihr Lichtstrahl unmittelbar neben dem Balken in das angrenzende Dickicht bohrte.

Unschlüssig, ob ich mich auf, vor oder hinter den Balken stellen sollte, ging ich angesichts der gebotenen Dringlichkeit ganz einfach an Ort und Stelle in die Hocke. Der erlösende Strahl versickerte lautlos in afrikanischer Flora.

Bevor wir wieder ins Haus zurückgingen, ergriff Ramman einen der gelben Plastekanister.

„Du kannst waschen in Küche dich. Ich gehe duschen."

Nur mit Boxershort bekleidet, ein Transistorradio in der Hand, erschien Ramman in der Tür, als ich mir gerade ein sauberes T-Shirt überstreifte. Die Safari Sound Band schnulzte „Malaika, nakupenda Malaika". Inbrünstig, nur gelegentlich einen Ton treffend, sang Ramman mit und bewegte sich in tänzelnden Schritten auf mich zu. Ich war belustigt und gerührt zugleich. Er wirkte so glücklich! Eine Träne bahnte sich unaufhaltsam ihren Weg zu meiner Oberlippe. Ramman stellte das Radio auf den Boden und näherte sich mir, langsam und stumm.

Auf seinen Armen trug er mich aus meiner Traurigkeit.

Eng umschlungen lagen wir auf dem harten Bett. Der matte Abglanz des Wohnzimmerlichts erstarb an der Schwelle der Schlafzimmertür, sodass Rammans Gesichtszüge im Dunkel verborgen blieben. Ich konnte lediglich die Umrisse seines Körpers wahrnehmen.

„Du riechst gut."

Er grub sein Gesicht in mein Haar und hüllte mich in samtene Haut. Prickelnde Wärme durchströmte mich, so nah bei ihm, so wehrlos nackt. Mit brennenden Lippen öffnete er meinen Mund. Die lechzenden Zungenspitzen in einem entfesselten Tanz entflammt, nur noch Haut auf Haut, spürte ich ihn augenblicklich tief in mir, gleich dem endlos rinnenden Strom überschäumender Glückseligkeit.

Schweißgebadet erbebten wir im Auf und Ab der Leiber, flüsterte Ramman, in leidenschaftliche Küsse verpackt, Worte, die ich nicht verstand. Wir ließen einander nicht los in dieser zärtlichen, schmerzlichen Nacht. Im Taumel einer letzten Umarmung glitten wir in den erwachenden Tag. Während ich mich notdürftig über der Schüssel wusch, buk Ramman ein riesiges Omelett. Mit der Aussicht auf den gewohnten Rundumservice in knapp einer halben Stunde nippte ich nur kurz an der Colaflasche, als wir am Wohnzimmertisch in neugewonnener Vertrautheit einander gegenüber saßen. Nachdem Ramman seinen Teller schrankfertig blank gegessen und auf den Stapel zu den mit Speiseresten verklebten vom Vorabend gestellt hatte, brachen wir auf. Von der Türschwelle wagte ich einen letzten Blick zurück. Kwaheri Mama, Rose, Tyrese, Julinha. Kwaheri Ayele. Für immer würde ich euch in mir tragen, unauslöschlich in der Erinnerung an ihn. Nichts, aber auch gar nichts sollte je meinem Gedächtnis entfliehen.
Im Dorf regte sich müde Geschäftigkeit. Zwei junge Frauen, inmitten gelber Plastekanister, standen plaudernd neben der Pumpe auf dem Dorfplatz. Das Schreien eines Babys durchdrang die morgendliche Stille. Erst jetzt sah ich, dass zwei weitere aus roten Ziegelsteinen erbaute Häuser das graue Einerlei der Lehmhütten durchbrachen. Das Dorf selbst war nicht, wie vielfach üblich, kreisförmig angeordnet, sondern erstreckte sich weitläufig bis an das Dickicht des Waldes.
Wie von Zauberhand bevölkerte sich der Dorfplatz, welchen wir soeben überquerten, im Sekundentakt. Mit dem Brennen neugieriger Blicke im Nacken erreichten wir schließlich die staubige Landstraße nach Diani Beach. Kraftvoll, als könne er mich so für immer halten, schlang Ramman seinen Arm um meine Taille. Der Weg erschien mir inzwischen vertraut und kürzer als am Tag zuvor. Am

Hoteleingang verabredeten wir einander für den Nachmittag am Strand.
Da sich Hanna und Guido auf einem Ausflug nach Mombasa befanden, traf ich nur Sonya lesend auf ihrer Liege am Pool an. Sie sprang auf, sobald sie mich erkannte, und lief mir aufgeregt entgegen.
„Mein Gott, bin ich froh, dich wiederzusehen! Ich habe mir schon den Kopf darüber zerbrochen, was zu unternehmen sei für den Fall, dass du bis heute Abend nicht zurück sein würdest. Alles o. k.?"
„Ja, alles bestens", antwortete ich ausweichend.
Ich hatte das simple Bedürfnis, eine heiße Dusche zu nehmen, etwas zu essen und mich für wenigstens zwei Stunden auf's Ohr zu legen, bevor ich wieder zu Ramman an den Strand gehen würde.
„Wie war's? Erzähl doch mal", verfiel Sonya nun erwartungsvoll in einen Flüsterton.
„Jetzt nicht, vielleicht später."
Pikiert trat sie den Rückzug zu ihrer Liege an.

Der Tag des Abschieds war gekommen. Pünktlich um eins würde der Reisebus für die letzte Safari bereitstehen. Deshalb ging ich früher als sonst, es war kurz nach acht, hinunter an den Strand.
Als nähme sie Anteil an unserem Schmerz, hüllte sich die Sonne immer wieder in dichte Dunstschleier. Ramman erwartete mich bereits. Wortlos schloss er mich in die Arme. Die Heftigkeit seiner Umarmung quittierte mein Körper mit einem bedrohlichen Knacken. Nichts war wie bisher. Wir waren gefangen in der Melancholie des Abschieds.
Dicht aneinander geschmiegt, die Taille des anderen umfasst, schlugen wir den Weg zum Fluss ein. Winzige, sandfarbene Krabben verschwanden vor unseren Füßen blitzartig in kaum sichtbaren Erdlöchern.

Schon von Weitem erkannten wir enttäuscht, dass eine Gruppe von Italienern in unser kleines Paradies eingefallen war. Ihrer Mentalität zollend vibrierte die Luft, von Lärm und Hektik erfüllt, nicht unbedingt das, wonach wir uns sehnten. So erklommen wir denn auf der Suche nach ungestörter Zweisamkeit die steile Böschung des höher gelegenen Ufers. Aus der Deckung des Walls heraus genossen wir einen ungehinderten Blick auf den Strand, ohne selbst gesehen zu werden. Ramman stand hinter mir, seine Arme schützend um mich gelegt. Unendlich erstreckte sich das türkisfarbene, am Horizont in tiefes Blau übergehende Wasser vor unserem Blick.

Silbrig glänzende Wellen berührten in beharrlicher Monotonie sanft das Ufer, um sich alsdann erneut in der Weite des Ozeans zu verlieren.

„Wir gehen schwimmen", beschloss Ramman, indem er mich aus seinen Armen entließ.

Zwar trug ich einen Bikini unter dem T-Shirt und meiner um die Hüfte geknüpften Kanga, beabsichtigte jedoch nicht, nachdem ich fast eine Stunde mit dem Waschen, Föhnen und Frisieren meiner Haare zugebracht hatte, noch einmal ins Wasser zu gehen.

„Nein, ich möchte nicht. Ich habe mir mein Haar schon für die Heimreise gewaschen."

Sichtlich enttäuscht hielt Ramman beim Abstreifen seiner Jeans inne.

„Aber das ist letzte Mal. Bitte!"

Er hatte Recht. Wo lag das Problem? Ich müsste nur darauf achten, den Kopf über Wasser zu halten.

Während Ramman sofort kopfüber in die warmen Fluten abtauchte, übte ich mich in disziplinierten Schwimmbewegungen, mit halb aus dem Wasser ragender Brust. Ausgelassen, durch meine gespielten Abwehrversuche angespornt, tauchte er immer wieder unter meinem Körper hindurch. Und dann sah ich sie, die gewaltige Woge, welche ungehemmt auf uns zu rollte!

Diesmal war mein Angstschrei echt. Ramman schnellte aus dem Wasser und umfing mich mit starken Armen. Jene hielten mich noch immer, als ich nach dem soeben absolvierten Tiefseetauchgang an der Wasseroberfläche japsend nach Luft schnappte. Als wären wir gerade einer Sinnestäuschung erlegen, umspülten uns, so weit das Auge reichte, nur harmlos plätschernde Wellen.

„Deine Haare!" Ramman starrte mich voller Entsetzen an. Irritiert, mit beiden Händen meinen Kopf abtastend, fragte ich: „Meine Haare?"

Doch dann verstand ich. Mein augenblicklicher Lachanfall ließ mich rücklings ins Wasser klatschen. Erlöst fiel Ramman ein. Bald hielten wir uns, die Körper gekrümmt, die Bäuche. Begeistert, mit vor Lachen erstickter Stimme, jauchzte Ramman: „Deine Haare, deine schöne Haare. Jetzt, du bist nass wie Katze."

Unbeschwert und lachend tollten wir herum, glücklich, im Zauber des Vergessens.

Atemlos schmissen wir uns auf die ausgebreitete Kanga. Ramman begrub mich unter seinem Körper und seinen Küssen. Doch war jeder Kuss ein Schritt zurück auf den Weg in die schmerzliche Realität. Von seinem Gefühl übermannt, sprang er plötzlich auf. Verzweifelt, wie ein wildes Tier im Käfig, lief er vor mir auf und ab.

An den Boden geschweißt verharrte ich, unfähig jeglicher Reaktion, als er sich mit schmerzverzerrtem Gesicht vor mir auf die Knie warf.

„Ich nicht will, dass du gehst."

Er griff nach meinen Händen.

„Das will ich auch nicht", hörte ich mich mit fremder Stimme sagen, „aber ich habe keine Wahl."

Er nickte.

„Ich bin frei, du nicht. Ich kann sein überall, aber du musst sein in Berlin – deine Arbeit, deine Wohnung."

In einem gequälten Aufschrei schlug er die Hände vors Gesicht. Sein Körper begann unter heftigem Schluchzen unkon-

trolliert zu zucken. Entsetzt löste ich mit sanfter Gewalt seine Hände. Tränen strömten in endlosen Bächen über sein schönes Gesicht. Den Blick zum Himmel gewandt, stöhnte er immer wieder: „Steffi geht weg, was soll ich machen? Steffi geht weg, was soll ich machen?"
Ich erstarrte in grenzenloser Fassungslosigkeit. Dass es ein schwerer, tränenreicher Abschied würde, stand außer Frage. Aber ich war sicher gewesen, dass *ich* die Tränen weinen, dass *ich* dem Schmerz des Abschieds erlegen sein würde. Und doch war es Ramman, der sich ohnmächtig in der Gewalt dieses allmächtigen Schmerzes wand. Ich hatte das Gefühl, zu sterben. Ganz langsam. Mein Herz schien schon nicht mehr zu schlagen und mein Körper bestand aus einer Hülle, gefüllt mit Leere. Einer Leere, welche mir selbst die erlösenden Tränen versagte.

Wir waren Würmer, zwei winzige, schutzlose, dem Schicksal ausgelieferte Würmer. Ein unbedachter Schritt würde uns zermalmen und der Wind mit dem Sand auch die letzte Erinnerung an uns davontragen.

Sanft zog ich Ramman, der noch immer hemmungslos schluchzte, in meine Arme.

„Beruhige dich", flüsterte ich, „alles wird gut."

Hoffnungsvoll blickte er mich an.

„Kommst du wieder?" Sein Handrücken fuhr über das tränennasse Gesicht.

„Ich weiß nicht."

Er richtete seinen Oberkörper auf, indem er die Schultern straffte. Gefasst, mit nun völlig ruhiger Stimme sagte er sodann in demütiger Schicksalsergebenheit: „Ja, wenn Allah will, kommst du wieder."

Es wurde Zeit für mich, zum Hotel zurückzukehren, Zeit, für unseren letzten gemeinsamen Weg. Wir gingen ihn stumm wie durch ein menschenleeres Tal, ohne einen Blick auf das pulsierende Leben um uns her. Auf jenem Weg gab es nur noch uns und die Gewissheit des letzten Mals.

Am Steg, der zur Hotelanlage führte, reichte mir Ramman ein klein gefaltetes Stück Papier. „Du kannst schreiben mir." Ich barg es in meiner Faust.
„Ich muss gehen."
„Ja, du musst gehen."
Eine letzte verzweifelte Umarmung, ein letzter salziger Kuss, dann gingen wir in verschiedene Richtungen davon.
Am Bus herrschte fröhliche Aufbruchstimmung. Braun gebrannte Mzungu stapelten Gepäckstücke und sperrige Souvenirs, zumeist Holzschnitzereien in Nachbildungen von Giraffen und Massai in Pygmäengröße, welche der Fahrer mit schweißglänzender Stirn in immer neuem Arrangement im Rumpf des Busses zu verstauen suchte.
Sonya hatte den heiß begehrten Zweiersitz unmittelbar neben dem Einstieg ergattert.
Nach der durch Anja akribisch vorgenommenen Anwesenheitskontrolle mit dem Ergebnis, dass es offenbar alle vorzogen, nach Deutschland zurückzukehren, setzte sich der Bus langsam in Bewegung.
Wie in einem hundertfach gesehenen Film zogen die vertrauten Bilder noch einmal an mir vorüber: Der junge Gemüsehändler in seinem spartanisch ausgestatteten, mit Wellblech überdachten Verkaufsstand, die immer lachende und ewig schwitzende dicke Mama, die mit einladenden Gebärden ihre selbst kreierten Suppen feilbot, die stolze, ihr Baby in einem Wickeltuch auf dem Rücken tragende, junge Frau inmitten bunter Kangas. Prunkvolle Villen, wie verwunschene Märchenschlösser von farbigen, duftenden Blüten umrankt, verfallene Hütten, vergilbtes Gras und rote Erde. Am Straßenrand einzeln oder in Gruppen laufende Menschen, welche uns aus lachenden Gesichtern zuwinkten.
Der durch das geöffnete Fenster dringende, schwülwarme Luftzug zerzauste mein klebrig nasses Haar.

Dankbar registrierte ich, dass Sonya, entgegen ihrem quirligen Temperament, taktvoll auf tiefgründige Gespräche verzichtete. In Gedanken ließ ich die vergangenen Stunden noch einmal Revue passieren. Es war vorbei. Ich brach auf in eine neue, meine *alte* Welt. Welche Erinnerungen würden mir bleiben? Wären sie stark genug, mich an diesen Ort zurückzuführen, oder würden sie im Alltagstrott nach und nach bis zur Bedeutungslosigkeit verblassen?
Rammans Zettel fiel mir plötzlich ein. Mit zittrigen Händen fingerte ich ihn aus meiner Handtasche und faltete ihn dann vorsichtig auseinander. In krakeligen, kindlichen Schriftzügen stand darauf:
Ramman Sadi Bodzun
P. O. BOX 5144
Ukunda

Nach mehrmaligem Lesen und einer kurzen Bedenkpause begann ich, das Papier langsam in gleichmäßig schmale Streifen zu zerreißen. Diese legte ich sodann sorgfältig übereinander, um sie nochmals in winzige Schnipsel zu zertrennen.
Der Fahrtwind entriss jene schließlich meiner geöffneten Hand und trug sie in einem lustigen Flockenwirbel in lichte Höhen davon.
„Ich weiß zwar nicht, was du da gerade aus dem Fenster geworfen hast", bemerkte Sonya, „aber meinst du, dass das die richtige Entscheidung war?"
„Ich denke schon", entgegnete ich mit leiser Stimme, „es ist vorbei, ein für allemal."
Sonya musterte mich mit einem besorgten Blick.
Ein gewaltiger Ruck brachte den Bus zum Stehen. Mitten auf der Straße vor uns lagen armlange, zu einem Dreieck angeordnete Palmenwedel – das kenianische Warndreieck.
Ein Kleinlaster, welchem offenbar die Vorderachse gebrochen war, blockierte fast die gesamte Fahrbahnbreite. Mehrere Hel-

fer mühten sich, unter anfeuernden Zurufen den Laster anzuheben, um diesen von der Straße zu ziehen.
Nach einem kurzen, aufgeregten Disput mit den Männern kehrte unser Fahrer hinter sein Lenkrad zurück. Während einer der Männer ihm Handzeichen gab, versuchte er, den Bus an der Unfallstelle vorbeizumanövrieren. Angesichts des abschüssigen Geländes neben der Fahrbahn ein äußerst gewagtes Unternehmen.
Und tatsächlich gerieten wir schon bald in eine bedrohliche Schieflage. Unter den sich mühsam vorantastenden Rädern knirschten zerberstende Äste und grasüberwucherte Mulden brachten den Bus regelmäßig ins Schlingern.
Die Totenstille im Bus wurde nur durch einen gelegentlichen, angstvollen Aufschrei unterbrochen.
Endlich auf gleicher Höhe zum Unfallwagen schien der Bus erneut seitlich wegzukippen, stabilisierte sich jedoch beim Weiterfahren zusehends. Dann beschleunigte der Fahrer allmählich das Tempo und setzte, nachdem wir noch einmal kräftig durchgeschüttelt worden waren, die Räder sicher auf dem Asphalt auf. Mit einem frenetischen Applaus der erleichterten Passagiere wurde er ob seiner exzellenten Fahrkünste gefeiert.
Am Flughafen angekommen, begaben wir uns sogleich zum Check-in. Nach Aufgabe des Gepäcks verblieb uns noch eine Stunde im Transferraum.
Dort wimmelte es nur so von heimkehrenden Urlaubern, unter denen die wenigen Afrikaner wie fehlplatzierte Exoten wirkten. Was jene ins winterliche Deutschland zog, blieb mir rätselhaft. Aber vielleicht war es ja gerade *das*?
Nach dem obligatorischen Bord-Check durch den Flugbegleiter stand dem Start der Condor nichts mehr im Wege.
Langsam, in konstantem Tempo, rollte diese nun über das endlos scheinende Flugfeld. Nach einem kurzen Stopp auf die Startbahn wechselnd, setzte sie ihren gemächlichen Kurs

erneut fort. Unvermittelt jedoch steigerte sich das Tempo auf eine rasante Geschwindigkeit, welche die Maschine vibrieren und dann kraftvoll vom Boden abheben ließ. Im steilen Aufflug strebten wir den Wolken entgegen. Kenia, zur Miniatur geschmolzen, entschwand meinem Blick unter einem Teppich aus duftigem Weiß.

Berlin-Schönefeld. Deutschland empfing uns an diesem zwanzigsten Februar mit klirrender Kälte. Die Temperaturen waren bis zu zwanzig Grad unter Null gesunken. Schlotternd vor Kälte stürzten wir uns auf die vor dem Flughafengebäude wartenden Taxis.

Während Guido, Hanna und Sonya mit dem gemeinsamen Ziel Kaulsdorf bereits in ein Taxi einstiegen, versuchte ich noch immer, infolge meiner willenlos aufeinanderschlagenden Kiefer einer verständlichen Artikulation unfähig, dem von mir auserkorenen Fahrer meine Adresse mitzuteilen.

„Schönhauser Allee?" vergewisserte er sich schließlich.

„Ja-ha."

Meine Wohnung empfing mich mit wohliger Wärme. Auf dem Couchtisch lagen, zu zwei Stapeln geordnet und sorgfältig voneinander getrennt, Zeitungen und Postsendungen. Flüchtig durchblätterte ich die Briefe. Außer drei demnächst fällig werdende Rechnungen handelte es sich um diverse Versicherungs- und Anlageangebote verschiedener Kreditinstitute.

Ein Blick auf meine Grünpflanzen verriet, dass diese, dank Frau Bergers mütterlicher Fürsorglichkeit, erstmalig Anspruch auf eine derartige Titulierung erheben konnten.

Morgen würde ich meinen Wohnungsschlüssel bei ihr abholen und mich mit der Tüte Keniakaffee und der kleinen, holzgeschnitzten Schildkröte bedanken.

Zusammengerollt lag ich fröstelnd unter der dicken Bettdecke.

Im Dunkel des Zimmers tanzten Bilder, zu neuem Leben erwacht, vor meinen geschlossenen Augen: Ramman, mit wippender Rastamähne, lachend im heißen Sand. Ramman, aus dem Meer steigend, Wasserperlen auf schwarz glänzender Haut. Magische Augen wie mit Kajal umrandet, plötzlich verschwimmend in der steigenden Flut. *Und schon durchbricht das Wasser den schützenden Damm und ergießt sich in einem endlosen Strom.* Noch einmal sah ich Ramman schluchzend am Boden. Noch einmal durchlebte ich den brennenden Schmerz des Abschieds. Auf tränennassem Kissen sank ich allmählich in einen unruhigen, kurzen Schlaf.

„Oh, man, bist du braun! Hast wohl drei Wochen lang nur in der Sonne geschmort?", begrüßte mich Ivonne.

Wir umarmten uns in aufrichtiger Wiedersehensfreude. Bis zur Öffnung der Boutique um halb neun verblieb noch eine Stunde Zeit.

Im Büro, welches sich unmittelbar an den Verkaufsraum anschloss, übergab mir Ivonne die Geschäftsunterlagen. Weitestgehend abgearbeitet, hatte sie die noch ausstehenden Termine sorgfältig in unser eigens dafür erstelltes Computerprogramm eingegeben. So konnte ich problemlos an ihre Arbeit anknüpfen. Dass sie zudem ein paar Näharbeiten ihrer selbst entworfenen Modelle hatte übernehmen müssen, nachdem unsere Schneiderin eine Woche lang wegen einer schweren Grippe ans Bett gefesselt war, erwähnte sie nur am Rande.

Ivonne war hauptsächlich für den Verkauf unserer Kleidung und der Accessoires verantwortlich, während ich mich um die geschäftlichen Angelegenheiten kümmerte.

„Legst es wohl darauf an, mich in den vorzeitigen Ruhestand zu schicken?", bemerkte ich, nachdem ich alle Unterlagen gesichtet hatte. „Diesen Wunschtraum muss ich dir aber leider vermiesen. Ich tue trotzdem, als würde ich gebraucht."

Ivonne lachte dazu ihr helles, mädchenhaftes Lachen. Inzwischen hatten wir uns zu einer Tasse Kaffee an den kleinen Ecktisch gesetzt und ich schob Ivonne mein aufwendig verpacktes Souvenir über die Tischplatte hinweg zu. Während sie erwartungsvoll den Knoten des gelben Schleifenbands aufzuknüpfen versuchte, beobachtete ich gespannt ihr Gesicht, Sekunden später zufrieden das Aufleuchten in jenem registrierend. Vorsichtig zog sie den Modeschmuck aus der mit Schnitzereien verzierten Holzschatulle.

Das Set, bestehend aus einer halsnahen Kette, Ohrsteckern und einem Armband aus kunstvoll arrangierten Kauri-muscheln, hatte ich in der Boutique unseres Hotels erstanden. Lächelnd legte sie die Kette um den Hals.

„Danke, du hast wieder einmal voll ins Schwarze getroffen!"

Bewundernd musste ich einmal mehr gestehen, dass sie auch ohne Schmuck eine Augenweide war. Ihr braunes, zumeist hochgestecktes, dichtes Haar umschmeichelte in locker herabfallenden Strähnen ihr ovales Gesicht mit den fast schwarzen Augen. Mittels einer dicken Make-up-Schicht auf der kleinen, geraden Nase versuchte sie die Sommersprossen, welche ich besonders reizvoll fand, zu kaschieren. Mit ihrer Größe überragte sie die meisten Frauen um Kopfeslänge, blieb jedoch dennoch, trotz ihrer schlanken Figur, von den gängigen Modelmaßen weit entfernt. Zu all ihrer offenkundigen Schönheit gesellte sich die ihrer inneren, in Form ihrer unkomplizierten Art. Immer wieder brachen wir in herzhaftes Lachen über den Umstand unseres Kennenlernens vor drei Jahren aus.

„Wenn du nicht genau so scharf auf das Thunfischbrötchen gewesen wärst wie ich, wären wir uns wahrscheinlich nie begegnet."

Das eigentliche Event der damaligen Modemesse geriet dabei regelmäßig in den Hintergrund.

„Nun erzähl doch endlich, wie's war! Ist dir kein reicher Scheich über den Weg gelaufen für den es sich gelohnt hätte, zu bleiben?"

„Also, mit dem *Scheich* ist das in Kenia so eine Sache", lachte ich, „und *reich*, na ja."
Bald schon glühten meine Wangen im Eifer des Erzählens und Ivonne entschwebte mit halboffenem Mund. Gemeinsam durchstreiften wir die unendliche Weite der Savanne, ergötzten uns am silbern glänzenden Schneegipfel des Kilimanjaro und spürten den heißen Sand unter nackten Sohlen am Meer.
Das markerschütternde Scheppern des Weckers auf dem Schreibtisch katapultierte uns mitten aus unserem wundervollen Traum.
„Mist, wir müssen öffnen!" Widerwillig erhob sich Ivonne.
„Ich verspreche dir, dass du den Schluss auch noch erfährst."
Es war ein Schluss *ohne* Ramman.

Der August schleppte sich heiß und schwül.
Obwohl ich fast zehn Minuten lang eiskalt geduscht hatte, spürte ich die erneut aufkommende Feuchtigkeit in den Achseln und Schweißperlen bedeckten zunehmend meine Stirn. Bäuchlings lag ich nackt inmitten wahllos hingeworfener Keniafotos auf dem Teppichboden. Meine Gedanken wanderten zurück an den Strand von Diani Beach. Ich atmete den schweren Duft der Blüten, vermischt mit dem erdigen Rammans. Die Luft war erfüllt von seinem Lachen. Ob er noch an mich dachte? Oder wandelte bereits eine neue „Steffi" auf meinen Spuren?
Das Schrillen des Telefons ließ mich auffahren. Hastig nahm ich das Badetuch von der Stuhllehne, um jenes um meinen Körper zu wickeln, bevor ich den Hörer abnahm.
„Hallo?"
Schweigen.
„Hallo, wer ist da?"
Ein kurzes Räuspern.
„Äh, ja, hallo! Entschuldigung, arbeiten Sie in der kleinen Modeboutique an der Ecke?"
„Und wenn? Erstens, weiß ich nicht einmal mit wem ich spreche

und zweitens, wüsste ich selbst dann nicht, was Sie das anginge", entgegnete ich schroff.
„Sorry, mein Name ist Renner. Uwe Renner. Aber Sie kennen mich nicht. Ich kuck mir manchmal Ihr Schaufenster an, das heißt, eigentlich Sie. Sie sind doch die Kleinere, oder?"
Ich schwieg.
„Entschuldigen Sie bitte nochmals. Ich kann mir natürlich vorstellen, dass Ihnen das alles äußerst komisch erscheinen muss, aber im Verkaufsraum sehe ich fast nur ihre Kollegin, und die konnte ich ja schlecht nach Ihnen fragen."
„O. k., das war's dann wohl." Im Begriff den Hörer aufzulegen, fiel mir noch etwas ein.
„Woher haben Sie eigentlich meine Telefonnummer?"
„Ja, was soll ich sagen?" Seine Stimme klang verlegen. „Eigentlich habe ich keine Nummer. In der Hoffnung, dass der Name Ihrer Boutique Ihr tatsächlicher Vorname ist und Sie überhaupt im Telefonbuch stehen, habe ich schon einige Stefanies und Steffis angerufen. Fast hätte ich aufgegeben."
Ich war verunsichert. Was sollte das, war das irgend so ein Perverser?
„Da ich Sie nun tatsächlich gefunden habe, würde ich mich freuen, Sie einmal zum Essen einladen zu dürfen."
„Ehrlich gesagt, fühle ich mich ein bisschen überrumpelt."
„Das ist verständlich und ich bitte nochmals um Entschuldigung. Wäre es Ihnen recht, wenn wir uns morgen um zwanzig Uhr vor der Boutique träfen?"

Mir war sofort klar, warum er sich vergewissert hatte, ob es sich bei mir um die Kleinere handele. Auf meinen verhältnismäßig flachen Pumps begegneten wir einander auf Augenhöhe.
„Ich hoffe, Sie sind nicht all zu enttäuscht", begrüßte er mich mit einem einnehmenden Lächeln.
„Darüber reden wir noch mal am Ende des Abends", konterte ich kokett.

Nein, ein Adonis war er wahrlich nicht. Sein gelichtetes, dunkelblondes Haar trug er kurz geschoren und der adrette graue Anzug vermochte die Hagerkeit seines Körpers kaum zu überspielen. Sein einziger Trumpf, zumindest für den Augenblick, lag eindeutig in seiner überaus angenehmen Stimme.

Nach einer Lasagne mit Hackfleisch-Tomatensugo und dem zweiten Schoppen Rotwein plauderten und lachten wir miteinander wie ehemalige Schulkameraden beim ersten Klassentreffen nach zwanzig Jahren.

„Du hast mit deinen Achtunddreißig tatsächlich schon zwei Scheidungen hinter dir?", fragte ich Uwe, ehrlich überrascht, nachdem ich davon ausgegangen war, dass es sich bei ihm um einen eingefleischten Junggesellen handelte.

„Rekordverdächtig, nicht?", grinste er, mit vor der Brust verschränkten Armen auf seinem Stuhl lehnend.

„Na ja, für einen Eintrag ins Guinessbuch reicht's bei Weitem noch nicht", bemerkte ich.

„Ich arbeite dran", lachte er kurz auf, um sogleich mit ernster Miene hinzuzufügen: „Nein, irgendwann wird es die Richtige sein. Und wie heißt es so schön? Aller guten Dinge sind drei."

Er neigte den Oberkörper vor und umschloss den Kelch seines Weinglases mit den Händen.

„Wie du siehst, bin ich ein hoffnungsloser Träumer", sagte er dann mit einem Lächeln, wie nur jene zu lächeln vermögen.

Im Auftrag einer kleinen Kasseler Elektrofirma war Uwe als Installateur für zwei Jahre nach Berlin abgeordnet worden. Dass bereits mehr als die Hälfte dieses Zeitraums hinter ihm lag, nahm ich, warum auch immer, mit Erleichterung zur Kenntnis.

„Irgendwie bin ich froh, bald wieder nach Kassel zurückkehren zu können. Berlin wäre mir auf Dauer zu hektisch. Warst du schon einmal in Kassel?"

„Nein, noch nie."

„Na, vielleicht gäbe es ja irgendwann einen Grund für einen Abstecher dorthin?!"
„Ach ja? Zum Beispiel in Vorarbeit deiner nächsten Bruchlandung?"
Wir lachten. Der neue Tag zählte schon eine Stunde, als wir uns vor meiner Haustür verabschiedeten. „Sehen wir uns wieder?", fragte Uwe, mich in seine Arme ziehend.
„Warum nicht?"
Sein Kuss verfehlte meinen Mund, als ich mein Gesicht abwandte.
Auch während der folgenden Monate kamen wir über gelegentliche Verabredungen nicht hinaus und unsere Küsse blieben die von Geschwistern.
Unser Abschied schließlich war kein schmerzvoller. Für keinen von uns. Jener beendete nur was nie begonnen und zu keiner Zeit eine Zukunft hatte.
Die anfänglich noch sporadischen Telefonate verloren zunehmend an Gewicht, bis sie letztlich in völliger Sprachlosigkeit versiegten.

„Bitte noch einen Martini!"
Es war der zweite, welchen der Ober kurz darauf in einem kelchförmigen Stielglas mit unbewegter Miene und einem förmlichen „Bitte sehr" vor Sonya abstellte, die sich sofort die mit einem Cocktailspieß durchbohrte Maraschino-Kirsche in den Mund schob.
„Schön, dass du es einrichten konntest, zu kommen. Heute wäre mir zu Hause wahrscheinlich die Decke auf den Kopf gefallen", lächelte sie mir kauend über die dicke Mamorplatte des runden Zweiertisches hinweg zu.
Das kleine Café war bis auf den letzten Stuhl besetzt.
Mit den kürzer werdenden Tagen bei fallenden Temperaturen zog es die Menschen wieder in die Behaglichkeit geschlossener Räume.

„Eigentlich ist es völlig unverständlich, warum wir nicht öfter so ein spontanes Treffen auf die Reihe bekommen", entgegnete ich, „schließlich haben wir beide weder Kind noch Kegel."
„Bingo!", unterstrich Sonya meine Feststellung mit einem Fingerschnipser.
„Entschuldige", versuchte ich, meine unsensible Bemerkung abzuschwächen, „du wolltest mit mir über Fred sprechen!?"
Sonya holte tief Luft, bevor sie sich, den Cocktailspieß noch immer zwischen Daumen und Zeigefinger der rechten Hand, auf ihrem Stuhl zurücklehnte.
„Als ich heute Nachmittag mit einem Kollegen im Auto unterwegs war, ging Fred mit seiner Frau an einer Ampelkreuzung direkt an uns vorüber. Er hatte nur Augen für sie. Wahrscheinlich hätte ich mich als halbnackte Go-go-Tänzerin um den erstbesten Laternenpfahl wickeln können, ohne dass er das überhaupt mitbekommen hätte.
Was mich allerdings wirklich umgehauen hat ist, dass Familie Mathé wieder einmal ‚guter Hoffnung' ist."
Sonya bemühte sich sichtlich um Fassung.
„Dabei weiß ich nicht einmal, um das wievielte Kind es sich handelt. Von Fred habe ich, seit er die Firma gewechselt hat, nichts mehr gehört. Das Erstgeborene müsste mittlerweile ungefähr vier Jahre alt sein und falls der Nachwuchs im Jahrestakt purzelt ... Aber weißt du, was das Allerschlimmste war?", richtete Sonya ihren Oberkörper nun auf.
„Das Allerschlimmste war", fuhr sie, ohne meine diesbezügliche Mutmaßung abzuwarten, fort, „dass ich mir für einen Moment gewünscht hatte, die mit diesem Megabauch an seiner Seite zu sein. Steffi, sag mir, ob ich damals eine andere Entscheidung hätte treffen sollen!"
Ihre großen, blauen Augen waren fragend auf mich gerichtet.
„Wenn ich ‚Doktor Sommer' wäre, wüsste ich darauf möglicherweise eine hinlängliche Antwort", druckste ich.

„Aus eigener Erfahrung kann ich nur sagen, dass weibliche Intuition keine unwesentliche Rolle bei Entscheidungen spielt. Und wenn sich dein damaliges Bauchgefühl gegen ein Kind entschieden hatte, sehe ich nicht den geringsten Anlass dafür, im Nachhinein mit dieser Entscheidung zu hadern."
Mit einem dankbaren Lächeln legte Sonya den Cocktailspieß auf die Tischplatte, um sich erneut auf ihrem Stuhl zurückzulehnen.

***

Der Neue erregte großes Aufsehen in der Firma, zumal Neueinstellungen in den letzten Jahren rar geworden waren. Bereits innerhalb weniger Tage erfuhr Sonya von ihren heiratswütigen Kolleginnen, dass der „noch zu haben" sei. O. k., sie überließ ihn gern dem interessierten Weibervolk. Mittelgroß, von drahtiger Figur und bereits bedenklich hoher Stirn, war er alles andere als ihr Typ.
In der Kantine herrschte bereits der um die Mittagszeit übliche Andrang. Antonia, von allen Toni genannt, und Sonya saßen einander am Tisch gegenüber, je eine Rinderroulade mit Rotkraut auf dem in Segmente unterteilten, weißen Porzellanteller.
„Er steht an der Essensausgabe und kuckt zu uns herüber", bemerkte Toni mit verhaltener Stimme und einem verstohlenen Blick in besagte Richtung, während sie mit beiden Händen ihr widerspenstiges Kraushaar hinter die Ohren zu klemmen versuchte. „Schade, dass du ihn nicht sehen kannst."
„Wenn es tatsächlich etwas zu sehen gäbe, hätte ich kein Problem damit, mich einfach mal umzudrehen", entgegnete Sonya spöttisch.
„Gefällt er dir tatsächlich nicht?", fragte Toni ungläubig.
„Natürlich habe ich ihn bisher nur von Weitem gesehen, aber irgendetwas Aufregendes konnte ich an ihm beim besten Willen nicht feststellen", erwiderte Sonya leichthin, emsig be-

müht den glasigen Speck mit den spitzen Zinken ihrer Gabel aus der aufgerollten Roulade herauszukratzen, um diesen sodann an den Tellerrand zu verbannen.

„Aber seine lässige Art kann dir doch unmöglich entgangen sein! Also, für mich ist er ein durch und durch interessanter Typ. Und erst sein Lächeln! Das bringt echt jede Frau zum Schmelzen", schwärmte Toni unbeirrt mit verklärtem Blick, als sie sich im selben Moment an der nebenbei in den Mund geschobenen Kartoffel verschluckte. Mit hochrotem Kopf rang sie augenblicklich unter heftigem Röcheln verzweifelt nach Luft. Sonya sprang auf und trat hinter Tonis Stuhl. Deren Arme in die Höhe reißend, verpasste sie Toni zudem ein paar kräftige Klapse auf den Rücken.

Das gedämpfte Stimmengewirr an den angrenzenden Tischen war plötzlich verstummt und Dutzende Augenpaare verfolgten, teils in besorgter Anteilnahme, teils in unverhohlener Schadenfreude, die Aufführung jener kurzweiligen Tragikomödie.

Endlich war Toni wieder in der Lage, ihre Lungen mit wohldosiertem Sauerstoff zu versorgen und auch ihre Gesichtsfarbe war nun eher aschfahl.

„Oh, Gott, ist mir das peinlich! Und ausgerechnet vor *dem*!", war alles, was sie schließlich hervorpresste, bevor sie den Speisesaal fluchtartig verließ.

Die Vorstellung war vorüber. Doch anstelle des üblichen Beifalls trat erneut das monotone Klappern von Aluminium auf Porzellan.

„Guten Tag, mein Name ist Fred Mathé", betrat er ihr Büro, „man sagte mir, dass ich bei Ihnen die Übersicht über die aktuellen Betriebsanweisungen erhalten würde."

Sein Lächeln ist wirklich schön, dachte Sonya, als sie seinen Händedruck erwiderte.

„Ja, kein Problem. Ich schicke Ihnen eine E-Mail."

„Danke."

Seine Hand bereits auf dem Türgriff drehte er sich noch einmal um.
„Sind Sie der Schlüssel zur Lösung *aller* Probleme?"
„Kaum, aber in diesem Fall kann ich Ihnen behilflich sein."
Lächelnd zog er die Tür hinter sich ins Schloss.
Sobald sie allein war, spürte Sonya das Hämmern in ihrer Brust. Hatte er soeben versucht, mit ihr zu flirten? Lächerlich!
Vor dem Computer sitzend schickte sie ihm nach einigen routinierten Mausklicken die gewünschte E-Mail mit „freundlichen Grüßen", um sich alsdann mit dem überfälligen Antwortschreiben an die Elektrofirma in Rostock zu befassen.
Die Stille im Raum wurde von dem kurzen, hellen Signalton durchbrochen, welcher den Eingang einer E-Mail signalisierte. Möglicherweise handelte es sich um eine wichtige Information, weshalb Sonya ihr Outlook sofort öffnete.

Danke für die prompte Erledigung!
K. l., K. r.
F. M.

K. l., K. r.? Was meinte er damit?
Kopfschüttelnd wandte sie sich erneut ihrem Schreiben zu.
„... ist es uns aus genannten Gründen leider nicht möglich ...". K. l., K. r.? Urplötzlich schoss ihr eine Hitzewelle ins Gesicht. Er war dreist, *ziemlich* dreist! Sie schmunzelte. Kuss links, Kuss rechts.
Seine Dreistigkeit imponierte ihr.
Fred Mathès Wissensdurst schien unstillbar. Fast täglich erschien er in Sonyas Büro, auf der Suche nach Antworten zu überlebenswichtigen Fragen wie etwa der innerbetrieblichen Funktionsweise und Struktur.
Obwohl geschmeichelt, gab sich Sonya ihm gegenüber dennoch zugeknöpft.

„Mittlerweile müssten Sie die Firmenhierarchie eigentlich im Schlaf herunter beten können", bemerkte Sonya mit einem ironischen Lächeln, als er ihr wieder einmal am Schreibtisch gegenüber stand, die linke Hand lässig in seiner Hosentasche vergraben.
„Ehrlich gesagt, interessiert mich die nur bis zum Namen ‚Sonya Lorenz'. In dem Fall allerdings außerordentlich. Was meinen Sie, könnten wir über diesen Fakt irgendwann einmal außerhalb der heiligen Firmenmauern plaudern?"
„Irgendwann? Möglicherweise."
Geschäftig begann Sonya damit, die Ordner vor sich von der rechten auf die linke Tischhälfte zu stapeln.
„Schön", verließ er den Raum.

Auf dem Weg zum Projektierungsbüro trat Sonya in den kleinen Innenhof der Firma, um welchen herum vier zweistöckige Gebäude mit Sitz der einzelnen Fachabteilungen carréförmig angeordnet waren. Für den Bruchteil einer Sekunde stockte ihr Schritt, als sie Fred Mathè mit der hübschen Dunkelhaarigen aus dem Einkauf wahrnahm. Lachend und angeregt plaudernd, als würden sie einander seit Ewigkeiten kennen, standen sich die beiden in der Hofmitte gegenüber. Unversehens verspürte Sonya einen Stich. Hatte er was mit der Müller? Oder hieß die Schulze? Das würde sie sich vermutlich nie merken können.

Verwunderlich wäre es nicht, denn immerhin hielt sie ihn seit sechs Wochen an der langen Leine. Und in eben diesem Augenblick wurde Sonya bewusst, dass sie ihr Spiel nicht unendlich fortsetzen könnte. Früher oder später würde er sich folglich einer anderen zuwenden. Aber das war das Letzte, welches zuzulassen sie bereit war. Sie wollte ihn. Und das um jeden Preis!

Im stereotypen Klick-Klack ihrer hochhackigen Pumps bedachte Sonya Frau Müller oder Schulze im Vorübertippeln mit einem lockeren „Hallo" und ihn mit einem männermordenden Augenaufschlag.

Als Fred Mathè zwei Tage später in der für ihn typischen Lässigkeit auf die Tür zu lief, sah ihm Sonya vom Schreibtisch aus nach. Und plötzlich erkannte auch sie es – sein „gewisses Etwas"! Es lag in der Art seiner Bewegungen. Wenn sie ihn jetzt so einfach gehen ließe, hätte sie ihre letzte Chance vertan.

„Falls Sie nicht zu anspruchsvoll sind und mit einem 'Allerweltsauflauf à la Lorenz' zufriedenzustellen wären, würde ich Sie gern für morgen Abend bei mir zum Essen einladen", bemerkte sie deshalb leichthin, während sie mit Daumen und Zeigefinger der rechten Hand die Schutzfolie von der Klebefläche des braunen A4-Briefumschlags abzog, um diesen sodann unter dem zusätzlichen Druck ihres Handballens zu verschließen. „Wäre Ihnen zwanzig Uhr recht?"
Überrascht drehte er sich um. Wenn er jetzt ablehnte, verhülfe er ihr damit zu ihrer Lebensblamage, dachte Sonya mit klopfendem Herzen.
„Ja, gern. Wenn Sie mir noch verraten, wo ich Sie finde, stelle ich mich schon heute Abend an."

Während Sonya geriebenen Käse über den dampfenden Putenfleisch-Paprika-Auflauf streute, ertönte der dumpfe Gong der Türglocke. Erschrocken blickte sie auf die Uhr über dem Küchenbord. Viertel vor acht.
Nachdem sie sich gestern zu der spontanen Einladung für heute hatte hinreißen lassen, war sie seit Dienstschluss mit Einkaufen, Kochen und zwischenzeitlichem Styling beschäftigt gewesen. Glücklicherweise würde auf den Abend ein erholsames Wochenende folgen.
Hastig spülte Sonya die Käsereste von ihren Händen und streifte dann die knappe Cocktailschürze über den Kopf. Hoffentlich war der Küchenduft keine Allianz mit dem Karl Lagerfelds eingegangen!
Nach einem kritischen Ganz-Körper-Check vor dem Wandspiegel im Korridor öffnete sie die Wohnungstür.

In engen Jeans und weißem Polo-Shirt unter der geöffneten, schwarzen Lederjacke lächelte ihr Fred Mathè entgegen. Für Sonya, die ihn bisher nur im firmenüblichen „Blaumann" kannte, erhielt die Platitüde „Kleider machen Leute" augenblicklich einen Sinn. Er sah einfach umwerfend aus!
„Hallo, herzlich willkommen!"
Statt einer Antwort trat er mit dem abschätzenden Blick eines Hobbyfotografen einen Schritt zurück.
„Wow! Nicht zu glauben, dass so viel Schönheit tatsächlich noch zu toppen ist."
Sonya war sich ihrer Wirkung bewusst. Das knielange, dunkelrote Jerseykleid mit dem tiefen Dekolleté schmiegte sich um ihren wohlgeformten Körper. Gleichfarbige Pumps betonten ihre ohnehin langen Beine und ließen sie größer erscheinen, als sie mit ihren Einsachtundsechzig war. Ihre markanten Gesichtszüge umrahmten kecke Strähnchen ihres kurzen, hellblonden Haars.
„Entschuldigung, ich bin ein bisschen zu früh", reichte er ihr schließlich die Hand zur Begrüßung.
„Aber ich hatte Angst, dass das Event noch in letzter Minute abgesagt werden könnte."
Sein linker Arm zauberte ein Bukett farbenprächtiger Orchideen aus dem Dunkel des Hausflurs hervor.
„Sehr gemütlich."
Seine Arme vor der Brust verschränkt mit dem Rücken zum Fenster stehend, schweifte Fred Mathès Blick über die Wohnzimmereinrichtung.
„Ich fühle mich in meinen vier Wänden auch ganz wohl", entgegnete Sonya über den Tisch geneigt, während sie sich mühte, mittels eines brennenden Streichholzes die beiden Teelichte unter der Platte des Speisewärmers anzuzünden.
„Allerdings", richtete sie sich sodann mit einem prüfenden Blick auf das erloschene Streichholz in ihrer Hand auf, „ist die Wohnung mit ihren knapp siebzig Quadratmetern, sagen

wir mal, recht überschaubar. Ein paar Quadratmeter mehr und dazu ein kleiner Balkon wären nicht schlecht gewesen. Aber wenigstens sorgt das tägliche Treppensteigen in die vierte Etage für ein permanentes, wenngleich nicht ganz freiwilliges Fitnessprogramm."
„Mit respektablem Erfolg", bemerkte er, ohne seine Position zu verändern, mit einem unverschämten Blick entlang ihrer Beine.
Mit einem Schluck Rotwein spülte Sonya das trockene Putenfleisch herunter. Sie aß mechanisch, ohne jeglichen Appetit.
„Das Wetter hält sich in diesem Jahr erstaunlich gut. Wir hatten Ende Oktober auch schon anhaltend starke Regen- beziehungsweise sogar erste Schneefälle. Mitunter regelrechte Schneetreiben oder, also, Schneematsch ...", plapperte Sonya, krampfhaft um Konversation bemüht.
„Kann sein", lautete Fred Mathès erschöpfender Beitrag.
Was für einen haarsträubenden Blödsinn gab sie da eigentlich von sich? Als ob Wasser, in welchem Aggregatzustand auch immer, in irgendeinem Zusammenhang mit ihr, ihm oder diesem Abend überhaupt stünde! Sie war völlig konfus, wie ein Teenager beim ersten Date.
Durch den feinen Wrasen hindurch, welcher von der Tischmitte über der Auflaufform aufstieg, begegneten beider Blicke.
Fred Mathè legte sein Besteck aus den Händen und erhob sich. Drei Schritte später sank Sonya in seine ausgebreiteten Arme und erzitterte unter seinem elektrisierenden Kuss. Beide Münder ineinander verschmolzen zog er sie im Rückwärtsgang zielsicher durch die angelehnte Tür, direkt auf das nach Frühling duftende Lager.
Ohne Umschweife verhalf er dem biegsamen Körper in den paradiesischen Zustand vollkommener Nacktheit und umschloss jenen alsdann mit seiner männlichen Kraft. Sonya gab sich ihm hin, lodernd im leidenschaftlichen Aufruhr, sich windend in unstillbarer Lust, den Geschmack Salzes auf wunden Lippen.

Der nahende Morgen unterschied sich in seinem milchigen Grau kaum vom Dunkel der scheidenden Nacht.
Sonya beugte sich über Fred. Auf dem Rücken liegend, einen Fuß unter ihrer Bettdecke, gingen seine Atemzüge gleichmäßig und ruhig. Sein schmales Gesicht wirkte abgespannt und verletzlich in der Wehrlosigkeit des Schlafs. Gerührt hauchte Sonya einen Kuss auf seine heiße Wange. Unter jener Berührung augenblicklich in Zärtlichkeit zerfließend, spürte sie es deutlich wie nie zuvor: Diesmal war es keine Affäre – diesmal war es Liebe!
Leise seufzend öffnete Fred seine Augen. Unter halb geschlossenen Lidern blinzelte er orientierungssuchend in den dämmrigen Raum.
„Hi, meine Schöne", sagte er dann, Sonya an sich ziehend.
„Es gäbe da heute noch ein paar anstehende Projekte, deren zügige Abarbeitung einen Ortswechsel vorübergehend ausschließt. Soll heißen, dass das Bett, zu meinem größten Bedauern, vorerst nicht verlassen werden kann."
Sonya fügte sich, zu ihrem großen Bedauern, seinem überwältigenden Argument an ihrem Oberschenkel – und blieb!

Seit drei Jahren lebten Sonya und Fred in „wilder Ehe", wie es ihre Mutter in der ihr eigenen, sarkastischen Art bezeichnete.
„Wenn er dich bis jetzt nicht geheiratet hat, wird er es nie tun."
Männer waren ihrer Meinung nach genetisch so konzipiert, dass sie sich aus dem Staub machten, sobald sie Verantwortung übernehmen mussten. Die Tatsache, dass Sonya diejenige war, die sich vor einer festen Bindung scheute, ignorierte sie geflissentlich.
Als Einzelkind war Sonya ausschließlich von ihrer dominanten Mutter großgezogen worden. Sie konnte sich an keinen einzigen Mann in deren Leben erinnern. Auf gelegentliche, bis zu etwa ihrem achten Lebensjahr gestellte Fragen ihren Vater betreffend hatte sie von ihrer Mutter stets nur ausweichende Antworten erhalten. Mit neun schließlich bezweifelte

Sonya generell die Existenz eines biologischen Erzeugers und schloss nicht aus, das Resultat einer unbefleckten Empfängnis zu sein, von welcher sie in der Christenlehre gehört hatte. Inzwischen beherrschte Freds deutlich artikulierter Kinderwunsch beider Alltag und Sonya geriet zunehmend unter Druck.
„Wir haben beide die Dreißig überschritten. Meinst du nicht, dass wir uns langsam ernsthaft der Familienplanung widmen sollten?", schnitt Fred wieder einmal, auf dem Sofa lehnend, das für Sonya leidige Thema an, während ihr Kopf auf seinem Schoß ruhte.
„Warum kann nicht alles bleiben, wie es ist? Bist du denn gar nicht glücklich?", fragte Sonya mit sanfter Stimme.
„Und ob ich das bin, meine Schöne!", entgegnete Fred, seinen Kuss mitten auf Sonyas Nasenspitze platzierend. „Du bist die, nach der ich Jahrhunderte gesucht hatte und nur dich könnte ich mir als die Mutter meiner Kinder vorstellen."
Sonya richtete sich auf.
„Wie, bitte schön, würde ich die Erziehung eines Kindes mit meinem Job unter einen Hut bringen sollen?"
„Nun ja, Schwangerschaft und Geburt kann ich dir leider nicht abnehmen, den Erziehungsurlaub schon."
„Damit würden wir maximal drei Jahre überbrücken und dann?", gab Sonya zu bedenken.
„Und dann, und dann ... Der Punkt ist, dass du nicht *willst*", sagte Fred.
Sonya las die Enttäuschung von seinem Gesicht und spürte die Kluft, welche sich zwischen ihnen auftat.
Wortlos erhob sie sich.
In der Abgeschirmtheit des Badezimmers ließ sich Sonya auf den geschlossenen Klodeckel fallen.
Er verlangte ein Opfer, ein Zeichen ihrer Liebe. Und sie wäre bereit, den letzten Tropfen ihres Blutes für ihn hinzugeben. Die Grundpfeiler ihrer Überzeugung hingegen zu opfern, vermochte sie nicht.

Eine unvermittelt in ihr aufsteigende Trostlosigkeit ließ sie frösteln. Sie würde ihn verlieren und alles, was ihr zu tun bliebe, war, sich für jenen Moment zu wappnen.

Das Schicksal jedoch wartet mit seinen vernichtenden Schlägen nicht, bis wir unsere überlebenswichtigen Vorkehrungen getroffen haben.

Fred schien seinen Traum von der konservativen Familie aufgegeben zu haben. Der neuerliche liebevolle und unkomplizierte Umgang miteinander rief Erinnerungen an die Wonnen erster gemeinsamer Stunden in Sonya wach. Vergessen waren die unzähligen, beider Liebe meuchelnden Polemiken. Möglicherweise hatte sie seinen Auftritten eine übersteigerte Bedeutung beigemessen. Sonya schöpfte neue Hoffnung, für sich, für Fred, für den Fortbestand ihres Zusammenlebens.

„Wir könnten heute Nachmittag an den kleinen Waldsee fahren. Für alles andere wäre es eh zu heiß. Was meinst du, Schatz?" Sonya griff nach dem Marmeladenglas auf dem Frühstückstisch. Abrupt legte Fred sein Brötchen, welches er gerade zum Mund führte, zurück auf den Teller.

„Ich muss mit dir reden!" Eine ungewohnte Bestimmtheit lag in seinem Ton.

Zögernd legte Sonya ihre Hände flach zu beiden Seiten ihres Tellers auf die Tischplatte. Willenlos dem beginnenden Zittern ihres Körpers ausgeliefert, blickte sie in sein ernstes Gesicht. Intuitiv wusste sie, was er ihr im nächsten Moment sagen würde, wollte einerseits Gewissheit und hoffte andererseits doch auf eine erträgliche Lüge.

„Wie auch dir sicherlich nicht entgangen sein dürfte, läuft es seit Längerem einfach nicht mehr zwischen uns", begann Fred seinen Vernichtungsfeldzug. „Wir spielen beide nur noch ein Spiel, wie Schmierenkomödianten auf einer wackeligen Bühne."

„Ach, ja?",
vernahm Sonya eine krächzende Stimme aus dem All.

„Ich denke, dass du mich nicht brauchst", fuhr Fred erbarmungslos fort, „dein ganzes Erdenglück liegt in deinem Job. Mir ist klar geworden, dass du deiner Karriere alles, wirklich alles unterordnen würdest. Aber das wahre Leben, Sonya, spielt sich hier, in diesen vier Wänden, zwischen dir und mir ab. Ich wünsche mir, unauslöschliche Spuren in meinem Leben zu hinterlassen. Und das meine ich nicht in beruflicher Hinsicht."
Hinter dem Schleier vor ihren Augen nahm Sonya deutlich den bitteren Zug um seine Mundwinkel wahr. Vielleicht sollte sie widersprechen, einlenken? Doch wie, mit gelähmten Stimmbändern?
„Ich habe es mir wirklich nicht leicht gemacht und harte Kämpfe mit mir selbst ausgefochten. Du weißt, wie sehr ich dich geliebt habe. Aber inzwischen ist meine Entscheidung gefallen: Ich werde mit der Mutter meines Kindes, das in ungefähr vier Monaten zur Welt kommen wird, leben. Wir kennen uns seit über einem Jahr und ich glaube, dass sie die Richtige für mich ist."
Damit erhob er sich und verließ den Raum. Zur Salzsäule erstarrt verharrte Sonya am Tisch, ihre Hände noch immer zu beiden Seiten ihres Tellers. Ihr Körper zitterte nicht mehr und das Vakuum in ihrem Kopf nahm ihr jegliches Empfinden. Sie kam erst wieder zu sich, als Fred, seinen karierten Koffer in der Hand und den schäbigen braunen Rucksack über der Schulter, sich ihr von der Türschwelle her zuwandte.
„Ich wünsche dir alles Gute, Sonya. Die Zeit mit dir werde ich nie vergessen. Schade, dass wir nicht den gleichen Traum träumen konnten."
Damit schloss er behutsam die Tür hinter sich und dem Scherbenhaufen ihres Lebens. Fred war gegangen und Sonya wusste, es gab kein Zurück.
Zweieinhalb Zimmer, verteilt auf siebzig Quadratmeter, gehörten wieder ihr allein.

***

„Fred war schon etwas Besonderes" Verträumt betrachtete Sonya ihr mattes Spiegelbild auf der Fensterscheibe. „Wahrscheinlich werde ich mich nie mehr verlieben. Ich sehe mich schon als kinderlose, schrullige Alte enden. Und du?", traf mich unvermittelt das satte Blau ihrer Augen.

„Ich glaube, ich brauche jetzt dringend noch einen Drink", entgegnete ich an Stelle einer Antwort, indem ich mein leeres Glas wie eine Trophäe vor dem vorbeihastenden Kellner schwenkte.

„Also, wir sehen uns dann am Sonnabend ab siebzehn Uhr auf dem Grundstück meiner Eltern."
Ivonne winkte mir beim Verlassen der Boutique noch einmal zu, bevor sie mit aufgespanntem Schirm in den herniederprasselnden Regen trat. Schon seit Wochen war sie mit den Vorbereitungen zu ihrem dreißigsten Geburtstag beschäftigt. Ihrer Meinung nach begann mit dem Ende der un-bekümmerten Zwanziger das eigentliche Leben, welches jederzeit überraschende Veränderungen bereithielt. In geheimnisvollen Andeutungen schloss sie solcherlei auch in ihrem Fall nicht aus, wiegelte jedoch sofort ab, sobald ich mich anschickte, darauf einzugehen.

Strahlend schön, mit sonnengebräuntem Teint, welcher bronzefarben im Sonnenlicht schimmerte, kam mir Ivonne, Frank an einer Hand hinter sich herziehend, auf dem mit Gehwegplatten ausgelegten Gartensteg entgegen. Zu ihrer kunstvoll arrangierten Hochfrisur trug sie ein türkisfarbenes, schulterfreies Kleid, durch dessen knielangen, leicht ausgestellten Rock hindurch sich beim Laufen die sanften Konturen ihrer Oberschenkel abzeichneten.
„Es grenzt fast an ein Wunder, dass nach dem elenden Dauerregen ausgerechnet heute die Sonne scheint", begrüßte ich Ivonne mit einer Umarmung. „Könnte es sein, dass du den Wettergott bestochen hast?"

„Behalt's für dich", entgegnete sie in verschwörerischem Flüsterton.
„Versprochen! Alles Gute zum revolutionierenden Runden", drückte ich ihr sodann Blumen und Geschenk in den Arm.
„Hallo, Steffi, schön, dich wieder einmal zu sehen", streckte mir Frank seine Hand entgegen. „Eigentlich hatte ich schon in der Boutique bei dir vorbeischauen wollen, aber Ivonne hatte mich derart mit Aufträgen eingedeckt, dass ich einfach nicht dazu gekommen war."
„He, habe ich da etwa gerade erste Anzeichen von Unmut vernommen? Du tätest gut daran, dich schon mal mental auf harte Zeiten an meiner Seite einzustellen."
Hinter ihm stehend schlang Ivonne ihre Arme um Franks Taille. Neben ihm wirkte sie fast zierlich und in ihrer Ähnlichkeit hätte man beide glatt für Geschwister halten können.
„Hast du das gehört, Steffi?", zwinkerte mir Frank zu, Ivonne am Arm hinter sich hervorziehend. „Und es gibt kein Entrinnen für mich. Ich stecke fest wie der Speck in der Mausefalle."
Seit nunmehr drei Jahren pendelte er ihretwegen zwischen Mannheim und Berlin.
Vereinzelte Grüppchen der etwa zwanzig Geburtstagsgäste scharten sich bereits um das im Garten aufgestellte Büfett. Bis auf Ivonnes Eltern, ihre Brüder Claus und Jörg sowie deren Ehefrauen kannte ich keinen der Anwesenden.
„Sie kommen ja so spät. Setzen Sie sich zu uns!", forderte mich Ivonnes Mutter auf, während ihr Mann beflissen einen Stuhl unter dem Tisch hervorzog.
„Darf ich Ihnen ein Glas Sekt einschenken?", fragte er, sobald ich mich gesetzt hatte, den Rotkäppchenhals bereits im Würgegriff.
„Ja, gern."
„Zum Wohl!", prosteten wir einander zu, bevor sich Herr Täubler, seine ineinander verschlungenen Hände auf seinem mächtigen Bauch ablegend, auf seinem Stuhl zurücklehnte.

„Seit wir uns das letzte Mal sahen, ist viel Zeit vergangen, zwei, drei Jahre?", wandte sich seine Frau mir zu.
„Exakt dreieinhalb", bestätigte ich, „Sie waren damals zu Ivonne in die Boutique gekommen. Ich weiß es deshalb so genau, weil ich zwei Tage später nach Kenia geflogen war."
„Ja, jetzt erinnere ich mich. Kenia muss ein sehr beeindruckendes Land sein. Ivonne schilderte uns Ihre Reise mit einem Enthusiasmus, als sei sie selbst dort gewesen. So eine Safari würde ich auch gern einmal erleben, aber leider ist mein Mann ein ausgesprochener Flugmuffel."
„Stimmt!", meldete sich der zu Wort. „Einen Flieger besteige ich nur unter Androhung von Gewalt. Schließlich kann ich mein junges Leben nicht derart leichtfertig aufs Spiel setzen!" Demonstrativ fuhr seine Hand durch das dichte, schlohweiße Haar.
„Nun ja, wahrscheinlich muss man gewisse Abstriche im Leben machen", übernahm Frau Täubler erneut das Gespräch, „sofern man sich jedoch etwas Bestimmtes vorgenommen hat, sollte man das so schnell wie möglich in die Tat umsetzten, denn die Zeit verfliegt mit zunehmendem Alter immer rasanter."
„Ja, es ist wirklich unglaublich", pflichtete ihr Mann ihr bei, „die Zeitspanne eines Jahres schrumpft irgendwann auf gefühlte fünf, sechs Monate. Gerade haben wir uns noch an den ersten Frühjahrsblühern erfreut, schon stapfen wir auch schon durch buntes Laub."
Während sich ihr Vater in solcherart philosophischer Betrachtungen erging, wirbelte Ivonne lachend und schwatzend von einem Gast zum anderen, bis sie sich schließlich an unseren Tisch gesellte.
„Nur gut, dass sich die runden Geburtstage in Grenzen halten", bemerkte Ivonne mit vernehmbarem Durchatmen, sich mit dem Handrücken ihren imaginären Schweiß von der Stirn wischend. Dann fuhr sie mit den Fingerspitzen über die Kau-

rimuscheln an ihrem Hals. „Übrigens, Mutti, ist das die Kette, die mir Steffi aus Kenia mitgebracht hatte."
„Ich weiß", lächelte die, „sie passt wirklich gut zu deinem Kleid."
Klein, im ständigen Konflikt mit ihren Pfunden, war ihr Lächeln das Einzige, welches sie optisch mit ihrer Tochter verband. Ivonne kam, wie auch ihre Brüder, unverkennbar nach ihrem hünenhaften Vater, der sein Nesthäkchen mit väterlichem Stolz umgarnte.
Es war bereits gegen ein Uhr morgens, als sich die letzten Gäste verabschiedeten. Ivonne, Frank und ich zogen uns auf die spärlich beleuchtete Terrasse zurück, über deren Glasdach sich der sternenklare Himmel breitete. Noch immer putzmunter plauderten wir, in wuchtigen Korbsesseln lehnend, miteinander.
„Der nächste Runde wird bei dir fällig, oder?", fragte mich Frank unvermittelt über den Rand des Weinglases in seiner Hand hinweg.
„Erinnere mich bloß nicht daran", entgegnete ich, „das Beste wird sein, ich mache es wie du vor zwei Jahren."
„Ja, Mauritius war toll", sagte Ivonne, „aber *ich* hatte mir 'ne heimische Party gewünscht."
Nach einem bedeutungsvollen Blickwechsel mit Frank räusperte sie sich.
„Steffi, es gibt da noch etwas, was ich dir sagen muss. Ich weiß gar nicht so richtig, wie ich es dir am besten beibringen soll."
Ivonnes Worte verhießen nichts Gutes und auch mein Magen strafte mich unversehens mittels schmerzhafter Kontraktionen jener vorangegangenen Völlerei.
„Also, es ist so: Frank kann seinen Job in Mannheim unmöglich aufgeben. Und diese ständige Fahrerei nach Berlin ist auf Dauer unzumutbar.
Da wir beabsichtigen zusammenzubleiben haben wir beschlossen, dass ich zu Frank nach Mannheim ziehen werde."

„Klar, wie du schon angedeutet hattest: Dreißigster Geburtstag, absoluter Wendepunkt!", stellte ich trocken fest.

„Steffi, ich verstehe, dass du sauer bist, aber natürlich habe ich mich bereits nach einer potenziellen Nachfolgerin umgesehen, mit der du, wie ich glaube, einverstanden sein wirst."

„Ich bin nicht sauer, Ivonne. Ist doch logisch, dass du dein eigenes Leben leben musst. Ich bin bestenfalls traurig, dich zu verlieren."

Ivonne rückte auf die Kante ihres Korbsessels vor.

„Das bin ich auch. Immerhin sind wir das beste Team weltweit", lächelte sie aus feucht glitzernden Augen.

„Wann gedenkst du, zu gehen?"

„In einem dreiviertel Jahr."

Die Zeit war schneller vergangen, als erwartet.

Kathrin, eine ihrer ehemaligen Kommilitoninnen, war von Ivonne seit einem Monat eingearbeitet worden und meisterte ihren Aufgabenbereich bereits professionell. Als Person blieb mir Kathrin allerdings fremd. Klein und zierlich, mit platinblonder Igelfrisur, war sie eher der introvertierte Typ.

Nachdem die letzten Kartons im Umzugwagen verstaut waren, schob Frank die vorwitzig hervorlugenden Grünpflanzen unter die graue Plane, bevor er diese mit dicken Seilen an der Wagenklappe festzurrte. Mit einer herzlichen Umarmung verabschiedete er sich von mir und verzog sich alsdann in die Fahrerkabine.

„Oh, Scheiße!", sagte Ivonne, während wir uns in den Armen lagen. „Jetzt muss ich auch noch heulen!"

Ihr war entgangen, dass ich das längst tat und mein Kloß im Hals eine Äußerung wie die ihre gar nicht mehr zuließ. Dennoch lächelten wir uns, als sie sich anschickte, den Platz auf dem Beifahrersitz neben Frank einzunehmen, tapfer aus make-up-verschmierten Augen zu.

„Alles Gute euch beiden. Lasst mal von euch hören."

„Machen wir. Dir auch alles Gute."
Ihr winkender Arm war das Letzte, was ich sah, als der Wagen hinter der Straßenbiegung verschwand.

Mein Clio hatte gerade die fällige Hauptuntersuchung über sich und ich die fällige Rechnung über mich ergehen lassen müssen, als mein Wagen beim Starten einen Satz nach vorn vollführte. Schiet, dabei hatte ich doch daran denken wollen, dass die Automechaniker die Fahrzeuge stets mit eingelegtem Gang abstellten. Ich bediente in dem Fall ausschließlich die Handbremse. Ob ich den fetten Mercedes vor mir erwischt hatte? Ein bisschen dumpf geklungen hatte es schon. Das war wirklich nicht mein Tag! Widerwillig stieg ich aus.
Auf der Suche nach etwaigen Beulen oder Kratzern schlich ich in gebückter Haltung um das Autoheck herum.
„Suchen Sie etwas?"
Erschrocken schnellte ich herum. Ein mürrischer Blick aus stahlblauen Augen sprang mir ins Gesicht.
„Ich? Nein! Entschuldigung, ich dachte nur ..."
„Was dachten Sie?"
Seine Stimme klang schneidend. So ein Kotzbrocken, schoss es mir durch den Kopf.
„Ich wollte mich nur vergewissern, dass ich Ihr Auto nicht beschädigt habe. Meins ist plötzlich, äh, gesprungen."
Von oben herab bedachte er mich mit spöttischem Gesichtsausdruck.
„Ach so, gespruungen!", äffte er, nahm seinen Kreuzer aber sicherheitshalber persönlich in Augenschein.
„Nein, nichts. Wär' ja auch kaum möglich, wo Sie noch einen halben Meter entfernt stehen."
Mit einem abschätzenden, wie mir schien, vernichtenden Blick, musterte er mich von Kopf bis Fuß, bevor er in seinem Mercedes versank und mit quietschenden Reifen davon schoss, mich mit dem Gefühl einer soeben erlittenen, unsäglichen

Blamage zurücklassend. Bloß gut, dass es keine Zuschauer gegeben hatte! Wie war es diesem arroganten Fatzke nur gelungen, mich derart aus der Fassung zu bringen? Ich versuchte, diesen unliebsamen Vorfall aus meinem Gedächtnis zu streichen, und tröstete mich mit der Tatsache, ihm nie wieder unter die Augen treten zu müssen.

Der November machte seinem unrühmlichen Ruf alle Ehre. Unerbittlich übertünchte er die Stadt mit fahlem Grau, Menschen mit verdrießlich dreinblickenden Gesichtern zwischen hochgeschlagenen Kragen hasteten durch die regennassen Straßen. Ein junges Paar, Hand in Hand, kam mir auf dem Bürgersteig entgegen. Ihr langes, blondes Haar klebte wirr am Kopf, die Kapuze seines Anoraks tief in die Stirn gezogen ließ seine gekrümmte Haltung unschwer erkennen, wie sehr er fror. Im Vorübergehen streifte mich ein Blick aus glanzlosen Augen in einem vor Kälte verzerrten, schwarzen Gesicht.

Es hätte Ramman sein können: Verschollen sein strahlendes Lächeln, ferne Erinnerung sein stolzer Gang, auf ewig verloren in einer fremden Welt.

Das Telefon schrillte, als ich den Korridor soeben betrat. Meine Knöchelstiefel im Laufen von den Füßen streifend eilte ich an den Apparat im Wohnzimmer.

„Hallo?"

„Hallo, Schwesterchen, wie geht's dir? Wir haben lange nichts voneinander gehört."

„Hi, Thommy, schön, dass du anrufst, aber müsstest du um diese Zeit nicht eigentlich schlafen?"

„Genau genommen schon, aber durch die sechs Stunden Zeitverschiebung bist du nun mal schwer zu erreichen."

„Gibt es einen so dringenden Grund für deinen freiwilligen Schlafverzicht?"

„Nein, eigentlich nicht. Ich wollte nur wissen, ob bei dir alles in Ordnung ist. Und bis zu deinem Geburtstag dauert es ja noch ein Weilchen. Wenn ich mir überlege, dass meine kleine Schwester bald vierzig wird ...!"
„Glücklicherweise muss ich mir mein Alter nicht in die Stirn brennen lassen", entgegnete ich.
Thommy lachte.
„Na, eine solche Katastrophe ist es ja nun auch wieder nicht. Hast du eine große Party geplant?"
„Auf gar keinen Fall. Wahrscheinlich werde ich verreisen."
„Und, hast du schon ein bestimmtes Reiseziel im Auge?"
„Bis jetzt nicht. Werdet ihr demnächst wieder einmal nach Deutschland kommen?"
„Also, zu deinem Geburtstag hätte es aus dienstlichen Gründen ohnehin nicht geklappt. Voraussichtlich werde ich gemeinsam mit Celia im Sommer kommen. Für Amanda und den Kleinen wäre der Flug noch zu stressig."
„Wie geht es Amanda und Klein-Marvin?"
„Alles o. k. Amanda wird ihre Babypause wahrscheinlich vorzeitig beenden und in drei Monaten wieder arbeiten gehen. Logistisch dürften wir das gut auf die Reihe bekommen, denn Celia kann mit ihren fünfzehn auch schon die eine oder andere Aufgabe übernehmen. Ansonsten entwickelt sich der Kleine wirklich prächtig."
Als hätte er nur auf sein Stichwort gewartet, hörte ich ihn im selben Moment im Hintergrund quäken, dazu Amandas Stimme.
„Was ist los?", fragte ich Thommy.
„Ach, unser Sohn liegt offenbar bis zu den Ohren im eigenen Wasser. Amanda muss ihn neu windeln. Schöne Grüße übrigens von ihr!"
„Danke, auch an sie viele Grüße!"
Während sich Thommy kurzzeitig seiner Frau zuwandte, verspürte ich den mir hinlänglich bekannten, unangenehmen Druck in der Magengegend. Auch wenn inzwischen mehr als

zwanzig Jahre vergangen waren, war mir mein anfängliches Verhalten Amanda gegenüber noch immer peinlich.

***

Meine Teenagerzeit war eine wunderbare an Thommys Seite. Unzertrennlich wie eineiige Zwillinge verbrachten wir einen erheblichen Teil unserer Freizeit miteinander. Besonders liebte ich die gelegentlich gemeinsamen Streifzüge durch die Stadt, während derer ich die neidischen Blicke der Mädchen auf der Straße genoss, welche meinen zwei Jahre älteren Bruder und mich für ein Paar hielten.

Nicht ein einziges Mal hatte ich auch nur darüber nachgedacht, dass jene unbeschwerte Zeit jemals vorüber sein könnte. Das Ende jedoch kam: In Gestalt Amandas!

Vier Monate nach Beginn seines Architekturstudiums stand ich ihr erstmals im elterlichen Wohnzimmer gegenüber, jener kleinen, unscheinbaren Kanadierin, die dennoch über die Macht verfügte, mir Thommy zu entreißen. Ich musste mich nicht bemühen, sie nicht zu mögen. Vom ersten Augenblick an hasste ich sie abgrundtief.

Amanda ihrerseits buhlte um mich, unvermindert freundlich, mit der Nachgiebigkeit gegenüber einem trotzigen Kind. Ohne Erfolg! Jenen bewirkte erst mein Fahrradunfall einige Wochen später. Auf der Heimfahrt von einer Fahrradtour mit Freunden stürzte ich beim Überqueren eines Straßenbahngleises, infolgedessen ich mir eine Fraktur des linken Sprunggelenks zuzog. Nachdem Jan, mein damaliger Freund, mittels Handy den Notfalldienst verständigt hatte, landete ich direkt von der Straße in einem weißbezogenen Bett inmitten einer Wolke Desinfektionsgeruchs, mein Bein im Fünfundvierzig-Grad-Winkel in der passgerechten Schlaufe eines am Fußende aufgestellten Galgens baumelnd.

Durch meine Mutter noch am selben Abend mit der erforderlichen Krankenhausaufenthaltgrundausstattung versorgt,

harrte ich, solcherart meiner Selbstbestimmung weitestgehend verlustig, der Dinge, die da kommen würden.
Ein zaghaftes Klopfen an der Tür riss mich am Nachmittag des darauffolgenden Tages aus meinen düsteren Gedanken. Sekunden später trat Amanda ins Zimmer.
„Hi, Steffi!", lief sie lächelnd auf mein Bett zu.
Während Amanda Blumen und Konfekt auf dem Nachtschränkchen ablegte, bestellte sie mir Grüße von Thommy.
„Er konnte das heutige Seminar unmöglich absagen, aber morgen kommt er ganz bestimmt. Wie geht es dir?"
„Würde sagen, den Umständen entsprechend", entgegnete ich.
„Weißt du schon, wie lange du im Krankenhaus bleiben musst?"
„Nach Aussage des Stationsarztes wird man mich, sobald die Schwellung abgeklungen ist, also in ungefähr vier bis fünf Tagen, operieren. In Abhängigkeit vom Heilungsverlauf werde ich danach noch ein bis zwei Wochen hier verbringen müssen."
Mitleidig runzelte Amanda die Stirn und trotz aller Abneigung ihr gegenüber kam ich nicht umhin, insgeheim ihr fließendes Deutsch mit einer nahezu akzentfreien Aussprache zu bewundern.
„Kann ich irgendetwas für dich tun?", fragte sie sodann.
„Nein, ich glaube nicht", wehrte ich ab.
„Bist du sicher? Thommy sagte, du würdest dich bei einem Institut, oder so, für Modedesign bewerben wollen. Vielleicht gibt es in dem Zusammenhang noch etwas zu regeln!?"
Womit sie mein Problem auf den Punkt brachte. Die kompletten Bewerbungsunterlagen müssten bis spätestens Ende der kommenden Woche eingereicht werden.
In Anbetracht der mir noch ausreichend zur Verfügung stehenden Zeit hatte ich, bis auf die vorzulegenden Skizzen unterschiedlicher Entwürfe, faktisch noch nichts vorbereitet.
„Das kann ich mir ohnehin abschminken", sagte ich.
„Warum?", fragte sie kopfschüttelnd. „Du musst mir nur sagen, was noch vorzubereiten wäre."

„Aber bitte schön!", entgegnete ich mit sarkastischem Unterton. „Es ist *nur noch* ein Bewerbungsschreiben zu formulieren, es ist *nur noch* eine Biografie zu erstellen und es sind *nur noch* diverse Zeugnis- und Skizzenkopien anzufertigen."
„Das ist alles?", lachte sie auf. „Deine Eltern können mir bestimmt die entsprechenden Unterlagen aushändigen."
Amanda hatte alle erforderlichen Unterlagen zusammengetragen. Und zwei Tage nachdem wir gemeinsam mein Bewerbungsschreiben formuliert hatten, beschämte sie mich mit einer Bewerbungsmappe, wie ich selbst jene in ihrer Perfektion nie zustande gebracht hätte. Ich bekam den Studienplatz *und* das einzigartige Geschenk einer selbstlosen Freundin.

Noch während des Studiums heirateten Amanda und Thommy, um sich nach bestandenem Examen in Amandas Heimat Kanada niederzulassen.

***

„Hallo, Stef, bist du noch dran?"
„Klar."
„Hast du schon mit unseren alten Herrschaften über deine Reisepläne gesprochen? Begeistert werden die davon bestimmt nicht sein."
„Bis jetzt noch nicht, ist ja bisher auch nur ein unausgegorener Gedanke."
„Na gut, dann kann ich mir also unbesorgt noch eine Mütze Schlaf gönnen. Falls etwas anliegen sollte, weißt du, dass du mich jederzeit anrufen kannst!?"
„Das weiß ich, Thommy. Nochmals viele Grüße an Amanda und gib den Kindern einen Kuss von mir. Bye!"
Kathrin befand sich im Urlaub, als die neue Kollektion Designerschmuck eintraf, deren besonders schöne Stücke ich in der Auslage zu präsentieren gedachte.

Auf der Auslagefläche hinter dem Schaufenster hockend, erprobte ich konzentriert die Wirkung verschiedentlich arrangierter Schmuckelemente. Das breite, schwarze Lederarmband mit den aufgesetzten Amethyst-Splittern legte ich statt *vor*, nun doch lieber *neben* das äquivalente Halsband zu Füßen der Schaufensterpuppe im knielangen, silbergrauen Abendkleid.

Dann richtete ich mich auf und trat, meine Arme in die Hüfte gestemmt, einen Schritt zurück, um jenes Arrangement noch einmal auf mich wirken zu lassen, als mich ein leises Klopfen an die Scheibe aus meiner Betrachtung riss.

Durch die langsam über das Schaufenster herabfließenden Rinnsale bohrte sich ein Blick aus stählernem Blau. Mit einem Aussetzer meines Herzschlags hielt ich verzweifelt Ausschau nach einem Versteck, wohl wissend, dass ich bestenfalls die Augen schließen könnte.

Als er Sekunden später im vor Nässe triefenden Mantel den Laden betrat, hatte ich mich bereits auf sicheres Terrain hinter den Verkaufstisch geflüchtet.

„Die Wege des Herren ...", grinste er. „Wer hätte gedacht, dass wir uns noch mal begegnen würden!?"

Gegen meinen Willen registrierte ich, dass er verdammt gut aussah.

Er streckte seine Hand über den Ladentisch.

„Ich heiße Oskar."

Das wunderte mich nicht!

„Steffi", entgegnete ich meinerseits.

„Steffii", wiederholte er gedehnt, seinen Blick mit unbestimmtem Ziel in Richtung Tür wendend.

„So sorgt jeder auf seine Weise für seine ganz persönliche Unsterblichkeit."

„Ich glaube nicht, dass es auch nur ansatzweise mit dem Drang nach Unsterblichkeit zu tun hat, eine Boutique nach dem eigenen Namen zu benennen", entgegnete ich streitlustig.

Amüsiert musterte er mich.
„Vielleicht sollten wir das mal bei 'ner Tasse Kaffee ausdiskutieren?"
„Momentan habe ich keine Zeit für so was. Ich habe ziemlich viel um die Ohren."
„Ach, tatsächlich?"
Ärgerlich spürte ich, wie mir das Blut ins Gesicht schoss.
„O. k., überlegen Sie es sich noch mal. Ich komme auf jeden Fall wieder."
Grußlos verließ er die Boutique.
Zwei Tage später erschien er um die Mittagszeit, eine langstielige, rote Rose kopfüber in der Hand pendelnd, im Geschäft.
„Und, hat Ihre innere Stimme schon zu Ihnen gesprochen?", begrüßte er mich lakonisch. „Über *das* Resultat würden Sie sich vermutlich wundern!", entgegnete ich, um einen lockeren Auftritt ringend.
„Oh, ich bin hart im Nehmen. Und ich kann warten, wenn es sein muss, jahrelang", grinste er.
Wie zufällig legte er die Rose auf dem Ladentisch ab, bevor er unter dem hellen Kling-Klang des Türgongs entschwand.
Gleich seiner zunehmenden Aufwartungen häufte sich die Anzahl zufällig abgelegter Rosen.
Als ich mich nach Kathrins Rückkehr aus dem Urlaub vornehmlich im Büro aufhielt, geriet sie unversehens in die Vermittlerrolle zwischen seinen regelmäßigen Besuchen und mir.
„Der war schon wieder da", sagte Kathrin, sichtlich genervt, während sie die fünfte Rose zwischen die zum Teil bereits vergehenden in die Vase auf meinem Schreibtisch steckte.
„'n echt komischer Vogel!", bemerkte sie sodann. „Kommt in den Laden, kuckt, legt 'ne Rose auf den Tresen und verschwindet wieder."
„Irgendwann wird er die Nase voll haben", sagte ich leichthin.

Es war der Morgen nach der siebten Rose.
Mein Bewusstsein schälte sich langsam aus den Fängen des Tiefschlafs, als ein erster Gedanke an ihn mich in einem wohligen Schauer durchflutete – ich war verliebt! Zum ersten Mal freute ich mich darauf, ihn zu sehen.
Kathrin legte ich nahe, mich unbedingt zu rufen, sollte er im Geschäft auftauchen.
Er kam nicht!
Nach einer Woche war ich überzeugt, dass mich ein gnädiger Wink des Schicksals vor ihm bewahrte.

Nachdem ich den Schlüssel zweimal im Schloss herumgedreht hatte, stemmte ich mich kurz gegen die Tür, um sicherzugehen, dass sie auch wirklich fest verschlossen war.
„Nicht erschrecken!"
Zu spät, ich zuckte zusammen!
„Wurde Zeit, dass Sie endlich Feierabend machen. Ich stehe seit fast einer Stunde hier herum und bin bestimmt schon grün und blau gefroren. Aber wie mir scheint, haben Sie ja eine besondere Vorliebe für kräftige Farben. In meinem derzeitigen Zustand könnten Sie mich, sofern ich nicht stocksteif gefroren wäre, sehr effektvoll um den Hals Ihrer Schaufensterpuppen wickeln. Leisten Sie mir Gesellschaft beim Aufwärmen?"
Fasziniert von seiner ungezwungenen, tendenziell arroganten Art und dem weltmännischen Charme war ich ihm bereits hoffnungslos verfallen.
„Jetzt könnten wir uns aber wirklich duzen."
Sein Weinglas in der Hand, streckte er mir den Arm zum Anstoßen über den Tisch entgegen.
„Ich heiße Gert."
„Ich dachte, Oskar!?", stellte ich überrascht fest und entlockte ihm damit ein schallendes Lachen. „Wirklich? Nein, das ist mein Nachname."

„Ach so."
Ich war peinlich berührt. Vor ein paar Tagen noch hätte ich ihm jenen Vornamen gegönnt.
„Ich hoffe, dass wir uns künftig häufiger sehen werden, und ich meine damit nicht deine Boutique oder irgendein Restaurant. Gehen wir mal in die Oper oder ins Theater? Ich könnte Karten besorgen."
„Ja, das ließe sich bestimmt einrichten."
„Und, ließe es sich auch bestimmt einrichten, dass du mal zu mir kommst?"
„Legst du immer so ein Schnellzugtempo vor?", foppte ich ihn.
Er zuckte mit den Schultern.
„Wie ich schon sagte – ich kann warten, jahrelang. Aber irgendwann werden wir es tun!"
Sein Blick ruhte versonnen auf meinem Gesicht.
„Was tun?"
„Uns lieben." Und nach einer kurzen Pause fügte er mit leiser Stimme hinzu: „Aber es muss schön sein."
Für diesen Nachsatz schlug mein Herz einen Purzelbaum.

„Du zitterst ja."
Er zog mich unter den geöffneten Mantel an seine Brust. Mit der Wärme seines Körpers umfing mich ein Hauch flüchtigen Parfüms.
Das Licht der Straßenlaterne zauberte ruhelose Schatten auf die Hauswand, ungeduldige Schneeflocken wagten hier und da den verfrühten Flug auf feuchten Asphalt.
„Um ehrlich zu sein, hatte ich an einen Augenblick wie diesen schon nicht mehr geglaubt. Wahrscheinlich hätte ich das sogar akzeptieren müssen, so, wie unsere erste Begegnung verlaufen war. Aber ich bin nun mal, wie ich bin!"
Bevor ich etwas erwidern konnte, lagen seine Lippen auf meinem Mund und öffneten jenen in einem Kuss, der meine Knie ins Wanken brachte.

111

„Schlaf schön. Ich rufe dich an."
Durch die Scheibe der geschlossenen Haustür hindurch sah ich ihm nach. Ohne sich noch einmal umzudrehen, stieg er in seinen Mercedes und verschwand augenblicklich im Dunkel der Nacht.

Nach der „Verkauften Braut" und dem „Barbier von Sevilla" legten wir eine Kulturpause ein und vereinbarten für das kommende Wochenende ein Essen bei Gert.

Mit meinem Puls-Frequenz-Hoch ob der ungewohnten Höhe, betrat ich seine Mansardenwohnung im fünften Stock.

Äußerst stilvoll eingerichtet war jene wesentlich größer als meine Wohnung, mit dem ganz speziellen Ambiente schräger Wände.

„Du hast sicher nichts dagegen, dass ich mich ein wenig umsehe!?", begann ich meinen Rundgang.

„Bitte, nur zu! Ich hole uns inzwischen etwas zu trinken."

Nahezu andächtig schritt ich nun über den antiseptischen Parkettfußboden, herum um den dick geknüpften Teppich in modischem Design vor der wuchtigen, schwarzen Ledercouch. Dank der in farblich unterschiedlichem Pastell gestrichenen Wände wirkte der Raum trotz des dunklen Mobiliars angenehm hell.

Eine ovale, sandfarbene Tonschale auf der dunkelbraunen Kommode neben der Eingangstür war mit bunten Blütenköpfen gefüllt, welche, penibel arrangierte Zufälligkeit vortäuschend, über deren Rand hinwegquollen. Und urplötzlich fragte ich mich, ob das Ganze tatsächlich *seinem* Geschmack entsprach.

Obwohl wir uns seit fast drei Wochen trafen, wusste ich nahezu nichts über ihn, ausgenommen, dass er sein Geld als Unternehmensberater verdiente. Unsere Privatsphäre unterlag einem unausgesprochenen Tabu, an welchem keiner von uns rührte.

Eine Flasche Chardonnay in der Hand betrat Gert gut gelaunt, mit aufgekrempelten Hemdsärmeln, das Wohnzimmer.

„Habe ich die Gütekontrolle bestanden?"

„Yes, Sir, das beglaubigte Zertifikat wird Ihnen in den nächsten Tagen per reitenden Boten zugestellt."
Er lachte.
„Endlich ein Grund anzustoßen!"
Während er auf die Zimmernische zulief, forderte er mich auf, Platz zu nehmen.
Ich folgte ihm und setzte mich sodann auf einen der beiden, safrangelben Polsterstühle an den Zwei-Personen-Tisch.
„Das Essen ist gleich so weit", sagte Gert, indem er die Flasche zwischen den beiden Gedecken auf dem Tisch abstellte.
Dann schritt er auf leisen Sohlen seiner Mokassins quer durch den Raum.
Vor der Stereoanlage hockend, zog er nacheinander mehrere CDs aus dem CD-Ständer hervor, um diese nach einem prüfenden Blick wieder zurückzustellen, bis er schließlich eine CD mit schwarz-weißem Cover in die Höhe hielt.
„Michael Bolton?", fragte er, mir zugewandt. „Ich glaube, Frauen stehen auf den."
„Du sagst es."
Während Michael seinen Seelenschmerz in den Äther schluchzte, verschwand Gert in der Küche.
Mein Blick wanderte zum Fenster in der Dachschräge direkt über dem Tisch.
Lautloser Nieselregen legte sich wie dichter Tau auf die Scheiben.
„Kann ich dir vielleicht behilflich sein?", rief ich, als ich Gert in der Küche hantieren hörte.
Augenblicklich erschien er mit einer Glasform von mittlerer Kochtopfgröße zwischen den Händen auf der Türschwelle.
„Schon erledigt. Aber danke deiner Nachfrage. Dein Timing war perfekt!", lachte er.
„Darf ich dir etwas drauf tun?"
Über die Schüssel auf dem Tisch geneigt, sah er mich fragend an.
Er durfte.
„Du kannst tatsächlich kochen?!"

Ehrfürchtig starrte ich auf meinen Teller und das asiatische Menü aus wokgedünstetem Gemüse zwischen portionsgroßen Entenfleischstückchen.
„Sagen wir's mal so: Mein personengebundener Koch im Chinarestaurant gleich um die Ecke ist nicht der schlechteste."

Unter Michaels beschwörender Botschaft „When a man loves a woman" tanzten wir in wiegendem Rhythmus über antiseptisches Parkett, hinein in den rotglühenden Raum.
„Oh, ein Wasserbett!", entfuhr es mir, als Gert mich ablegte. Er lachte leise, eifrig bemüht, den Reißverschluss meines engen Rockes zu öffnen.
Bis auf Slip und Büstenhalter entblättert lag ich rücklings auf dem Bett, als er plötzlich, über mich geneigt, innehielt.
„Mein Gott, bist du schön!"
Behutsam die Träger des Büstenhalters über meine Arme streifend, entblößte er meine Brüste. Mit zarten Bissen jagte er sodann Schauer durch die schwellenden Warzen in verborgene Tiefen.
Ein Geräusch riss mich unvermittelt aus meiner Seligkeit und ließ mich aufhorchen. Ich vermeinte, soeben das Klicken eines Türschlosses vernommen zu haben. Abrupt stieß ich Gert zurück und versuchte, meinen Oberkörper aufzurichten.
„Hast du das gehört?"
Im selben Moment war deutlich das Trippeln sich nähernder Schritte zu hören.
Gert sprang mit einem Satz aus dem Bett, um sich, mit verräterisch gewölbter Unterhose, daneben zu stellen, während ich, völlig überrumpelt, auf dem Bett sitzen blieb.

Und dann erschien sie wie eine Rachegöttin in der Türöffnung: Groß, blond, dämonisch angestrahlt vom roten Licht des Schlafzimmers.

Knisterndes Schweigen lag in der Luft, bis der scheppernde Aufschlag des Schlüsselbunds neben mir die Stille durchbrach.
„Pack meine Sachen zusammen", sagte sie, ihm zugewandt, mit ruhiger Stimme, „ich werde in den nächsten Tagen jemanden vorbeischicken, um sie abholen zu lassen."
Schon im Gehen drehte sie sich noch einmal um und musterte ihn mit einem vernichtenden Blick.
„Ach, ja, und vergiss nicht, dir etwas anzuziehen. Du solltest dich sehen, in deiner ganzen jämmerlichen Gestalt!"
Sobald die Tür krachend ins Schloss gefallen war, schwang ich mich aus dem Bett, um hastig meine verstreut herumliegenden Sachen einzusammeln.
Gert hatte, ihrer Empfehlung folgend, bereits Anzughose und Oberhemd übergestreift. Verzweifelt versuchte er, mich von meinem Tun abzuhalten, indem er mir immer wieder die Kleidungsstücke entriss.
„Steffi, bitte bleib. Es ist nicht das, was du wahrscheinlich denkst. Ich wollte mit dir darüber reden, aber bisher hatte sich ganz einfach keine passende Gelegenheit ergeben."
Wortlos, zerrissen zwischen Demütigung und Wut, kleidete ich mich an.
„Lass mich dich wenigstens nach Hause fahren!", unternahm er einen letzten Versuch. „Danke, ich nehme mir ein Taxi."
Noch einmal an diesem Abend fiel eine Tür krachend ins Schloss – diesmal hinter mir.
Auf der Suche nach einem Taxistand irrte ich durch die nächtlichen Straßen.
Charlottenburg war mir fremd und fast bereute ich, Gerts Angebot, mich nach Hause zu fahren, ausgeschlagen zu haben, als ein Taxi unmittelbar neben mir hielt.
„Na, Frollein, suchen Se vielleicht ne Fahrjelejenheit?"
Erleichtert stieg ich ein.
Durch mir unbekannte Gegenden ging die Fahrt auf glatten Straßen stockend voran. Im warmen Fond des Wagens ließ

ich, die beobachtenden Blicke im Rückspiegel wohl spürend, meinen Tränen freien Lauf.

Der Nieselregen war inzwischen in dichten Schneefall übergegangen, als das Taxi vor meinem Wohnhaus hielt.

„Det war heute nich Ihr Abend, wa? Aba keene Angst, morjen sieht de Welt schon wieda ville schöna aus!"

Während er mir das Wechselgeld herausgab, nickte ich lächelnd. Noch traurig und verletzt beschloss ich, die Dinge zu akzeptieren, wie sie waren.

Die Erfahrung meines bisherigen Lebens hatte mich gelehrt, dass alles, so schlimm es im Moment auch schien, einen tieferen Sinn barg und sich irgendwann als glückliche Fügung erwies.

Schlaflos verbrachte ich den Rest der Nacht in Gedanken an die glückliche und ungetrübte Zeit mit Ramman. Plötzlich bereute ich, den Zettel mit seiner Adresse vernichtet zu haben. Lebte er noch in Diani Beach, und wenn ja, war er vielleicht inzwischen verheiratet?

Auf einmal hatte ich ein konkretes Reiseziel: Kenia!

Ich musste ihn unbedingt wiedersehen! Am Ende aller Tage wollte ich nicht gehen, mit dem Gefühl einer vertanen Chance.

Drei Tage später buchte ich einen Flug nach Kenia für den zehnten Januar, meinem vierzigsten Geburtstag.

Erleichtert, im wahrsten Sinne des Wortes, stellte ich meine Reisetasche im Korridor ab. Meine Mutter hatte mich wieder einmal mit einem Vorrat an Verpflegung eingedeckt, welcher einer fünfköpfigen Expeditionscrew ins ewige Eis gute Überlebenschancen gesichert hätte.

Ich zog die Stiefel von meinen schmerzenden Füßen und schlüpfte in meine bequemen, flauschigen Pantoffel.

Fast während der gesamten Bahnfahrt von Greifswald nach Berlin hatte ich stehen müssen. Offenbar endete für die meisten der unvermeidbare Besuch bei Familie oder Freunden am zweiten Weihnachtsfeiertag.

Das rote Lämpchen meines Anrufbeantworters blinkte mir unermüdlich von der Anrichte im Wohnzimmer entgegen. Bevor ich mich auf dem Sofa ausstreckte, drückte ich die Wiedergabetaste:
Ivonne und Frank wünschten mir ein schönes Weihnachtsfest und, sicherheitshalber, auch gleich noch einen guten Rutsch; Gert wünschte mir ein schönes Weihnachtsfest, welches er eigentlich gern mit mir verbracht hätte und bedauerte *diesen* Vorfall unendlich; Hanna wünschte mir, auch im Namen Guidos, ein gesegnetes Weihnachtsfest und erinnerte an die in ihrem Haus stattfindende Silvesterparty; Gert bat um Rückruf, sobald ich seine Nachricht vernommen hätte; Sonya wünschte schöne Weihnacht und kündigte ihre Teilnahme an der Silvesterparty gemeinsam mit Ludger an, sofern ihre Schwiegereltern in spe die Kinder beaufsichtigen könnten.

Schläfrig drehte ich mich auf die Seite und hing zusammengerollt meinen Gedanken nach. Thommys Befürchtungen hatten sich als durchaus berechtigt erwiesen, denn meine Eltern hatten tatsächlich mit Empörung und Unverständnis auf meine Reisepläne ausgerechnet an meinem runden Geburtstag reagiert. Erst als sich Thommy und Amanda am ersten Feiertag gemeldet hatten und Thommy seinen Besuch gemeinsam mit Celia, dem unumstrittenen Liebling ihrer Großeltern, für den Sommer angekündigt hatte, war der weihnachtliche Friede wieder hergestellt.

Mit steifen Gliedern erwachte ich, noch immer auf dem Sofa liegend, als das spärliche Licht des beginnenden Tages bereits durch die Fenster lugte.

In der Boutique herrschte der vor dem Jahreswechsel übliche Trubel.

Viele suchten noch in sprichwörtlich letzter Sekunde nach einem ausgefallenen Outfit. In dieser Situation übernahmen Kathrin und ich gemeinsam den Verkauf.

Ein junges Mädchen betrat das Geschäft und blickte sich suchend um.
Ich trat auf sie zu. „Kann ich Ihnen behilflich sein?"
Verlegen zog sie ein zusammengefaltetes Blatt Papier aus der Manteltasche.
„Ich habe hier etwas aufgemalt. Ich weiß zwar, dass Sie keine Schneiderei sind, aber vielleicht könnten Sie mir das ausnahmsweise bis Silvester nähen?"
Kathrin, die sich inzwischen zu uns gesellt hatte, nahm das Blatt in die Hand, um die Zeichnung darauf eingehend zu studieren. Dann richtete sie ihren Blick auf mich.
„Sofern ich dürfte, könnte ich das erledigen."
„Von mir aus", entgegnete ich.
Während beide Frauen die erforderlichen Absprachen trafen, verließ ich die Boutique, um in der nahe gelegenen Apotheke das Rezept meines Hausarztes für meine Malariatabletten einzulösen.

Dank der Vorbereitungen diverser Silvesterpartys am Abend, hatten wir einen ruhigen Vormittag.
„Konntest du eigentlich den Auftrag für das Kleid erledigen?", fragte ich Kathrin.
„Ja, sie hat es schon heute früh abgeholt, bevor du gekommen warst. Die Rechnung hatte ich bereits erstellt."
„Schade", stellte ich bedauernd fest, „ich hätte das Kleid gern gesehen."
Kathrin reagierte mit einem Schulterzucken.
Punkt dreizehn Uhr schlossen wir die Boutique.
„Einen guten Rutsch."
„Danke, dir auch."
Während ich die Ladentür verschloss, begab sich Kathrin zur gegenüberliegenden Straßenseite.
Eher zufällig sah ich das neben ihrem parkenden Ford wartende Mädchen, welches Kathrin nun lächelnd entgegen lief. Mit-

ten auf der Straße umarmten sich beide in einem innigen, langen Kuss. Es war das Mädchen mit dem selbst entworfenen Kleid.

Hanna öffnete mir beschwingt die Tür.

„Komm rein. Alle anderen sind schon da."

Sie führte mich zum Wintergarten, aus welchem mir herzhaftes Lachen entgegenschallte.

„Sieht nicht so aus, als müsste hier heute jemand dursten!", begrüßte ich die ausgelassene Runde, welche sich um die lange, mit Sekt- und Weinflaschen überladene Tafel versammelt hatte.

Anna, Guidos ältere, verwitwete Schwester, streckte mir eine Hand zur Begrüßung entgegen, während sie sich mit der anderen letzte Lachtränen aus den Augen wischte.

Wie erwartet, waren auch Hildegard, Hannas Schulfreundin, und deren Ehemann Günter mit von der Partie.

Ich setzte mich zu Sonya und Ludger.

„Schön, dass ihr kommen konntet. Hat es also geklappt mit der Unterbringung der Kinder!?"

„Ja", strahlte Sonya, „Ludgers Eltern haben sie für drei Tage zu sich genommen. Für die Kinder ist das wie ein kleines Abenteuer und wir haben mal etwas mehr Zeit für uns."

Wie zur Bestätigung streichelte Ludger ihre Hand. Seit mehr als zwei Jahren waren sie ein anrührendes Paar. Nach ersten zufälligen, später gezielten Begegnungen im Supermarkt, sprach der schüchterne Witwer Sonya an. Seine Zwillinge hatte er zweckmäßigerweise gleich dabei, sodass Sonya von Anfang an wusste, worauf sie sich einließ. Quasi von einem Tag auf den anderen hatte er sie zur Mutter eines inzwischen dreizehnjährigen Mädchens sowie eines vier Jahre jüngeren Zwillingspaares gemacht. Sonya liebte *ihre*, wie sie stets betonte, Kinder abgöttisch, deretwegen sie in der Verwaltung ihrer Firma sogar eine Halbtagsstelle angenommen hatte.

„Langsam frage ich mich, warum ausgerechnet *meine* Beziehungen immer einen Haken haben müssen", sinnierte Sonya am Telefon, zwei Wochen nachdem sie Ludger kennengelernt hatte. „Ach ja, wirklich und ausschließlich *deine?*", fragte ich spöttisch zurück.
„Schon gut", lenkte sie ein, „aber wenigstens hast du noch nie gegen den Schatten einer Toten ankämpfen müssen. Im Grunde belastet es mich schon genug, dass er acht Jahre jünger ist. Aber die Kinder", verfiel sie sogleich in einen gefühlsseligen Tonfall, „sind so was von herzerfrischend, das kannst du dir nicht vorstellen!"
Seit dem Unfalltod seiner Frau vor fünf Jahren erzog und betreute Ludger seine drei Kinder allein. Jedoch war er nicht umhingekommen, ein Kindermädchen zu engagieren, da sein Job als Filialleiter der Deutschen Bank einen geregelten Feierabend nahezu ausschloss.
Groß, von kräftiger Statur, mit einem jungenhaften Gesicht hätte ich ihn, der einem bürgerlich-konservativen Elternhaus entstammte, eher für einen emporstrebenden Bauernburschen gehalten.
Wenn Sonya sprach, hing sein Blick unverwandt an ihren Lippen. Er liebte sie!
Und ich hatte nie den Eindruck, dass jene Liebe jemals von seiner Vergangenheit überschattet wurde.
„Vanessa feiert Silvester in Leipzig?",
fragte ich mit Blick auf Guido.
„Nein, unsere Tochter ist mit ihrem neuen Freund vor der deutschen Kälte in die Karibik geflüchtet", klärte er mich auf, um sodann mit einem gequälten Gesichtsausdruck hinzuzufügen, „dabei hätte ich mein Mädchen gern wieder einmal um mich gehabt."
Hanna, die hinter ihm stand, zwinkerte mir zu.
„Man könnte meinen, Guidos Kurzzeitgedächtnis sei außer Gefecht gesetzt. Es ist gerade mal zwei Wochen her, dass Vanessa bei uns war."

Über seine Schulter geneigt, blickte sie Guido an.

„Allerdings würde es mich nicht wundern, wenn sie gleich in der Dominikanischen Republik bliebe, nachdem du sie wieder einmal wie eine Zehnjährige verhätschelt hast."

„Mal den Teufel bloß nicht an die Wand!", brummte Guido.

„Immerhin hätte sie als Spanischlehrerin keine Verständigungsprobleme", ulkte ich. „Aber, allen Ernstes, das würde sie ihrem geliebten Papa sicher nicht antun."

„Natürlich nicht!", bekräftigte Guido, nun wieder sichtlich entspannt.

„Darf ich bitten?"

Trotz seiner korpulenten Figur war Günter ein ausgezeichneter Tänzer. Leichtfüßig, in schwungvollen Drehungen, schwebte er mit mir über die im Wohnzimmer geschaffene Tanzfläche.

„Tanz ruhig noch ein paar Runden", rief seine Frau ihm zu, „dann haben wir wenigstens auch mal eine Chance, ans Büfett zu kommen!"

Lachende Zustimmung begleitete ihre Worte.

Erhitzt, die einen vom Tanzen, die anderen vom Trinken, saßen wir an der Tafel, als sich Ludger erhob und sich, indem er sacht einen Teelöffel an sein Sektglas schlug, Gehör verschaffte.

„Sonya und ich möchten die Gelegenheit nutzen, euch eine, wie wir meinen, wichtige Entscheidung mitzuteilen" Lächelnd blickte er auf Sonya hinab.

„Wir haben beschlossen, unsere Beziehung endlich zu legalisieren. Auch die Kinder wünschen sich nichts sehnlicher. Deshalb werden wir im Mai des kommenden Jahres heiraten und hoffen, euch als unsere Gäste begrüßen zu dürfen."

Unter dem aufrichtigen Beifall der Anwesenden setzte er sich wieder.

„Das wurde ja auch langsam Zeit", kommentierte Hanna die frohe Botschaft, „Guido und ich dachten schon, dass ihr nie auf diese simple Lösung kommen würdet!"

„Da wir schon einmal dabei sind ...", erhob nun auch ich mich.

„Noch 'ne Hochzeit?", platzte Hildegard heraus.

„Nein, diesbezüglich ist bei mir nicht mal ansatzweise etwas in Sicht. Es geht um meinen runden Geburtstag. Die Feier dazu wird zu einem späteren Zeitpunkt stattfinden, nach meiner Rückkehr aus Kenia."

„Ach!", bemerkte Guido mit verdatterter Miene, ließ jedoch offen, ob das meiner Keniareise oder der verspäteten Geburtstagsfeier galt.

„Na, das war ja 'ne geballte Ladung!", stellte Hanna salopp fest. „Hat sonst noch jemand Überraschungen auf Lager?" Forschend ließ sie ihren Blick über die verstummte Tischrunde schweifen.

„Gut, dann sollten wir vielleicht achtgeben, dass wir bei all den erquicklichen Offenbarungen den Jahreswechsel nicht verpassen!"

Um die Wanduhr im Wohnzimmer geschart, zogen uns sodann die ruckartigen Bewegungen des Sekundenzeigers in ihren Bann.

„Zehn, neun", begann Guido zu zählen, „acht, sieben, sechs", fiel der siebenköpfige Chor einstimmig ein. „Fünf, vier, drei, zwei, eins."

Prost Neujahr! Wünsche für das neue Jahr wanderten von Umarmung zu Umarmung.

„Ich wünsche dir von ganzem Herzen ein glückliches Wiedersehen mit Ramman", flüsterte mir Sonya ins Ohr.

„Und ich wünsche dir, dass dein Glück für immer halten möge."

Früh um vier lag ich endlich todmüde in meinem Bett.
Was würde das neue Jahr bringen? Ich für meinen Teil war bereit, dem Schicksal unter die Arme zu greifen.

Der Knall eines verspäteten Silvesterkrachers ließ mich zusammenzucken, bevor mich der Schlaf endgültig übermannte.

Nach Übergabe der Geschäftsunterlagen bei einem heißen Tee verabschiedete ich mich von Kathrin.

„Wie gesagt, in zwei Wochen werde ich zurück sein. Sollte irgendetwas Außergewöhnliches anfallen, verweist du auf diesen Termin."
„Logo!", versprach sie. „Mach dir keine Sorgen. Ich denke, ich habe schon bewiesen, dass ich das packe, oder?"
„Klar", schloss ich sie in die Arme. „Also, bis bald!"
„Schönen Urlaub und mach die Schwarzen nicht verrückt!"
Kathrin begleitete mich vor die Tür. Kalter Ostwind fegte den Schnee von den Dächern und fuhr pfeifend durch knarrendes Geäst.
„Huh, ist das kalt!"
Bibbernd schlug sie die Arme vor der Brust zusammen.
„Ja, geh wieder rein. Ich bin schon weg."
Ich schob sie zurück in die Wärme der Boutique.
Auf dem Heimweg knirschte der knöchelhohe Schnee unter meinen Sohlen, eisiger Wind zerrte an den Enden meines Schals und ließ meine Wangen wie von tausend Nadelstichen erglühen.

Erschöpft trug ich den Hartschalenkoffer in den Korridor. Geschafft! Alles verstaut!
Neben meinen eigenen Sachen befanden sich ein Dutzend T-Shirts unterschiedlicher Farben und Größen, Kekse, Zwieback und Süßigkeiten sowie ein Sortiment von Kugelschreibern im Gepäck.
Fortwährend unterbrochen durch telefonische Wünsche für einen guten Verlauf meiner Reise und zu meinem bevor-stehenden Geburtstag, hatte ich fast drei Stunden mit dem Packen zugebracht.
Gerade als ich das Bad betreten wollte, klingelte das Telefon erneut.
„Hallo, Steffi, hier ist Ivonne."
Ich setzte mich in Kenntnis der bei Ivonnes Anrufen üblichen Gesprächsdauer auf den Hocker vorm Telefon.

„Schön, dass du anrufst. Wie geht es dir?"
Und schon plauderte sie munter drauflos. Offensichtlich war ihr die Anpassung an ihr neues Umfeld problemlos gelungen, sowohl privat, als auch beruflich. Bestrebt, mir dutzende Informationen auf einmal zu vermitteln, verhedderte sie sich immer wieder in unlogische Zusammenhänge.
Ich schmunzelte.
„He, du kannst erst sortieren, bevor du sprichst. Ein paar Stunden bin ich schon noch da."
Sie lachte ihr helles Lachen.
„Das passiert mir auch bei Frank. Aber wahrscheinlich bin ich inzwischen schon zu alt, um mich grundlegend zu ändern."
„*Grundlegend* wäre auch gar nicht gut, denn dann gäbe es *die* Ivonne nicht mehr."
Seit Kurzem entwarf und schneiderte sie in Heimarbeit für eine Boutique in Mannheim und demnächst würden sie und Frank in eine größere Wohnung umziehen.
„Eigentlich wollte ich dich mit der Neuigkeit nach deiner Keniareise überraschen, aber so lange halte ich es unmöglich aus."
Die darauffolgende Pause dauerte mir zu lange.
„Nun schieß endlich los, was gibt es?"
Ein spitzer Jauchzer drang unvermittelt in mein Ohr.
„Es wird ein Mädchen!"
„Ein Mädchen?", fragte ich begriffsstutzig.
„Oh, man, Steffi! Ja, ein Mädchen, eine Tochter!"
In einer rührseligen Aufwallung füllten sich meine Augen mit Tränen.
„Das ist wunderbar! Ich freue mich für dich.
Wann ist es denn so weit?"
„Mitte Juni. Frank und ich sind uns einig, dass es für unser Kind keine bessere Taufpatin gäbe, als dich.
Wärst du einverstanden?"
Ja, ich war einverstanden.

Verträumt blieb ich, nachdem ich den Hörer aufgelegt hatte, vor dem Telefon sitzen. Meine Gedanken wanderten zu Ayele. Ayele, jenem zarten, ernsthaften Mädchen, für das mein Herz vom ersten Augenblick an voller Wärme geschlagen hatte. Im Geiste sah ich mich durch die Straßen Ukundas schlendern, Ayele lächelnd an meiner Hand.

Und endlich ließ ich es zu, jenes uneingestandene Gefühl: Ich sehnte mich nicht nur nach Ramman, ich sehnte mich auch nach diesem unvergleichlichen Kind.

Punkt halb fünf läutete der Taxifahrer an der Tür. Ich streifte den Mantel über und griff entschlossen nach meinem Gepäck.

Das unberechenbare Abenteuer einer Safari begann!

Eine halbe Stunde nach dem planmäßigen Start hatte sich die Condor noch keinen Millimeter fortbewegt. So lange dauerte bereits das Enteisen der Tragflächen.

Unruhe erfasste mich. Was, wenn der Flug auf Grund der extremen Witterungsbedingungen möglicherweise annulliert würde? Eine solche Möglichkeit wollte ich jedoch gar nicht erst in Betracht ziehen. In Gedanken wandelte ich bereits am Strand von Diani Beach.

Nach weiteren zermürbenden zwanzig Minuten löste sich die Maschine endlich vom Boden.

Die Stewardess stoppte den Getränkewagen neben meinem Sitz.

„Wünschen Sie etwas zu trinken?"

„Nein, danke. Oder doch. Wenn möglich, hätte ich gern eine kleine Flasche Sekt."

„Natürlich."

Sie bückte sich und reichte mir wenig später mit einem bezaubernden Lächeln den mit Sekt gefüllten Plastebecher. Dann stellte sie die angebrochene Flasche auf den herabgelassenen Klapptisch vor meinem Sitz. Während sie ihren Rundgang fortsetzte, leerte ich den Becher in einem Zug. Prost, Steffi, alles Gute zum Vierzigsten!

***

Der Strand ist fast menschenleer. Ein paar säumige Händler verstauen eilig Figuren aus Speckstein und Holz in selbst genähten, riesigen Stoffbeuteln und zerschlissenen Plastetüten. Vor den verwaisten Ständen, unter denen ich jenen Rammans zu erkennen vermeine, schlendert ein Security gelangweilt an mir vorbei. Von Ramman weiß ich von dem Deal zwischen Händlern und dem Sicherheitspersonal: Für eine im Vorab vereinbarte Summe aus den Verkaufseinnahmen beziehen die Security die Verkaufsstände in ihre nächtlichen Hotel-patrouillen ein. Heute ist es bereits zu spät. Morgen werde ich Ramman treffen. Noch vor Beginn der Abendveranstaltung ziehe ich mich in mein Hotelzimmer zurück. Nach den Strapazen des Fluges fühle ich mich antriebslos und müde. Unter dem Moskitonetz wie im Schutz eines Kokons zusammengerollt, falle ich sofort in einen tiefen, traumlosen Schlaf.

„Bonjour, Madame!"
Lässig schlendert er neben mir her. Ich beachte ihn nicht und setze, den Blick aufs Meer gewandt, meinen Weg zum Fluss unbeirrt fort.
„Buongiorno, Signora!", versucht er es nach einer Weile noch einmal. Bemüht, das aufkommende Lachen zu unterdrücken, durchforschen meine Augen akribisch den Sand zu meinen Füßen, als befände ich mich auf der Suche nach Gold.
„Guten Tag, schöne Frau!"
Schmunzelnd bleibe ich stehen. Große, schwarze Augen in einem kindlichen Gesicht sind erwartungsvoll auf mich gerichtet. Ich schätze ihn auf vierzehn oder fünfzehn Jahre. Eigentlich hatte ich mich nicht mit ihm unterhalten wollen, habe es mir aber soeben anders überlegt.
„Kennst du Ramman? Ramman Sadi Bodzun?"
Triumphierend lacht er auf und entblößt dabei zwei Reihen perlweißer Zähne.

„Ich weiß gleich, dass du Deutsch bist!" Dann, mit gerunzelter Stirn: „Nein, kenne ich nicht. Aber du brauchst nicht Ramman. Ich kann auch alles zeigen dir."
Mir ist klar, dass ich ihn nun nicht mehr loswerde. Während er unablässig redet, bewundere ich ihn insgeheim ob seines enormen Wortschatzes. Die Jungen vom Strand sprechen in der Regel drei bis vier Sprachen, nicht grammatikalisch perfekt, aber in einem Maße, welches eine ungezwungene Unterhaltung problemlos ermöglicht. Ihre Universität ist der Strand, ihre Dozenten sind die Touristen aus aller Herren Länder.
Von Ramman auch heute weit und breit keine Spur! Vorbeiziehende Gesichter kreuzen meinen Blick, bar jeglichen Erkennens. Ich bleibe stehen und schaue mich suchend um. An dieser Stelle müsste sich eigentlich der Fluss befinden. Deutlich erkenne ich die hohe Baumgruppe. Eine flache, mit vergilbten Gräsern bewachsene Mulde ist jedoch alles, was an das ehemalige Flussbett erinnert.
Die Macht des Ozeans endet an dem aus Steinen errichteten Wall!
Erschüttert begebe ich mich in die Mitte der Mulde. Umgeben von den verblichenen Überresten eines vergessenen Paradieses, erfasst mich auf einmal tiefe Verzweiflung. Ich war so sicher, ihn hier zu finden!
Angst schnürt mir blitzartig die Kehle zu, Angst vor der Allmacht einer nicht aufzuhaltenden Vergänglichkeit.
Als unermessliches Glück erschiene mir in diesem Moment das Versprechen: Ja, er lebt!
Um endlich allein zu sein, schlage ich, noch weit entfernt vom offiziellen Steg, den Weg zu einem schmalen, gewundenen Pfad zur Hotelanlage ein.
„So, wir müssen uns hier verabschieden", sage ich zu meinem schattengleichen Begleiter.
„Kommst du morgen wieder?"
„Nein, ich muss ein paar Dinge erledigen."

„Ramman?", grinst er.
Ohne mich noch einmal umzudrehen, hebe ich, bereits auf dem Pfad zum Hotel, die Hand zum Gruß.
„Sprechen Sie Deutsch?"
„Ein bisschen!", antwortet er, seinen Arm auf den Rahmen der herabgelassenen Scheibe gelümmelt.
„Ich möchte zu Alex, aber ich kenne seinen Nachnamen nicht." Interessiert streckt er seinen Kopf aus dem Auto hervor.
„Alex? Alex and Gudrun?"
„Yes", antworte ich unwillkürlich.
„Ja, Alex colleague zu mir. Jetzt, du willst fahren?"
„Ja, bitte!"
Noch damit beschäftigt, die richtige Sitzposition auf der Rückbank des Taxis zu finden, schleudere ich im Schwung der ersten Kurve derart in den Sitz, dass sich weitere diesbezügliche Bemühungen erübrigen.
Schon bald spüre ich den feinen Staub in Nase und Mund. In riskanten Manövern überholt er alles, was sich auf der Straße bewegt.
Erschrocken schließe ich die Augen, als eine Ziegenherde unvermittelt die Fahrbahn überquert. Nach einem halsbrecherischen Schlenker haben jedoch wir, wie auch die Ziegen, diese Herausforderung mit Bravour und unversehrt gemeistert.
„Pole, pole. Wir haben Zeit", bemerke ich behutsam, indem ich mich zu ihm vorbeuge. Lachend dreht er sich zu mir um.
„Angst?"
Nein, natürlich nicht, denke ich und hoffe inständig, dass er endlich wieder nach vorn sieht.
Kurze Zeit später hält der Wagen mit einem gewaltigen Ruck vor einem weißgetünchten Haus.
„Schon da?", frage ich erstaunt.
„Ja."

Ich bitte ihn zu warten, bis ich mich vergewissert habe, jemanden anzutreffen.
Während ich mich dem Haus nähere, versucht eine wütend kläffende Hundemeute, die Abzäunung des Grundstücks zu überspringen. Die Hunde unablässig im Auge behaltend, ziehe ich an dem Seil der Glocke neben dem Gartentor. Nach dreimaligem Schellen schiebt sich ein kleines Mädchen durch den schmalen Spalt der geöffneten Haustür.
„Nora?"
Sie verschwindet augenblicklich, um wenig später an der Hand einer jungen Frau erneut zu erscheinen.
„Hallo, Gudrun! Ich bin es, Steffi!"
Reglos blinzelt Gudrun in das gleißende Sonnenlicht.
„Steffi?", fragt sie ungläubig, besinnt sich jedoch sogleich.
Während sie die Hunde in den Zwinger sperrt, bezahle ich den Taxi-Fahrer.
Außer sich fällt mir Gudrun um den Hals.
„Sag mir, dass ich nicht träume! Weißt du, wie oft ich an dich gedacht habe? Alex hat überhaupt nicht verstanden, warum wir unsere Adressen nicht ausgetauscht hatten."
„Ja, den Gedanken hatte ich auch mehrfach.
Aber damals verlief alles viel zu hektisch.
Wir hätten uns einfach eher kennenlernen sollen."
„Wie wahr. Aber, komm doch erst einmal herein."
Ihren Körper fest an die Armlehne des breiten Sofas gepresst, mustert mich die Kleine mit skeptischem Blick.
„Hallo, Nora, du bist aber groß geworden! Als ich dich das letzte Mal gesehen habe, warst du noch ein Baby."
Wie angewurzelt verharrt Nora auf ihrem Platz und ich werfe Gudrun einen fragenden Blick zu.
„Du kannst ruhig mit ihr reden. Sie versteht dich, weigert sich aber vehement, deutsch zu sprechen."
Ich ziehe den Beutel mit Süßigkeiten aus meiner Umhängetasche.
„Das ist für dich."

Am ausgestreckten Arm halte ich ihr den verlockenden Köder entgegen, welchem sie nur sekundenlang widersteht. Dann verlässt sie, wenn auch zögerlich, ihre Deckung. „Ahsante", haucht sie mit zartem Stimmchen, als sie mit beiden Händen den Beutel an sich nimmt und dann das Zimmer verlässt.
„Für Benjamin habe ich ein Adidas-T-Shirt. Ich hoffe, es gefällt ihm!"
„Oh, da bin ich ganz sicher!"
„Wo ist er eigentlich?", frage ich, indem ich Gudrun das Päckchen aus buntem Geschenkpapier reiche.
„Er geht in Nairobi zur Schule und lebt somit im dortigen Internat. Nach Hause kommt er alle zwei bis drei Wochen."
„Und Alex?"
„Er muss heute Nacht arbeiten. Morgen früh ist er wieder da."
„Ach du meine Güte!" Erschrocken hebe ich die Hand vor den Mund.
„Was ist?"
„Ich habe das Taxi weggeschickt."
„Das war eine so brillante Entscheidung, dass sie glatt von mir sein könnte!", lacht Gudrun übermütig. „Unter diesen Umständen entkommst du mir wenigstens nicht und so was wie ein Nachthemd habe ich auch noch für dich."
Im Schein der Fackeln lehnen wir in den bequemen Sesseln auf der Terrasse. Nora, inzwischen sichtlich aufgetaut, übt sich mit stolzgeschwellter Brust in der Hausfrauenrolle. Unermüdlich stapelt sie die benutzten Teller und Schüsseln auf dem Tisch ineinander, um jene dann doch jeweils einzeln zwischen beiden Händen in die Küche zu tragen.
„Und du machst wieder Urlaub in Kenia. Hat es dir also gefallen!", stellt Gudrun leichthin fest.
Ich richte mich im Sessel auf.
„Eigentlich bin ich auf der Suche", beginne ich vorsichtig.
„Auf was für einer Suche?"

„Auf der Suche nach Ramman."
Entgeistert richtet Gudrun ihre geweiteten Augen auf mich.
„Sag nicht, dass ich Recht habe mit dem, was mir gerade schwant. Du meinst Ramman, *unseren* Ramman?"
„Ja."
Unvermittelt springt sie von ihrem Sessel auf. An die Terrassenbrüstung gelehnt ist ihr die Bestürzung ins Gesicht geschrieben, während sie mich mustert.
„Dann bist also *du* die Deutsche, in die sich Ramman verliebt hat!"
„Wo ist er, lebt er?", frage ich mit klopfendem Herzen.
„Davon gehe ich aus", antwortet Gudrun, offensichtlich überrascht von meiner Frage, „aber *wo* er sich zurzeit aufhält, kann ich dir leider nicht sagen."
Erleichtert lehne ich mich zurück. Wenn er lebte, würde ich ihn auch finden. Ganz bestimmt!
Nach meiner Abreise aus Kenia hatte Ramman eine Woche lang sein Bett nicht verlassen, Essen und Trinken weitestgehend verweigert. Dann war er täglich nach Ukunda gelaufen, in der Hoffnung einen Brief von mir in seinem Postfach vorzufinden. Schließlich hatte er Diani Beach verlassen, um nach einem Jahr zurückzukehren.
„Damals holte er Grace und Ayele wieder in sein Haus. Alle glaubten, dass er sich gefangen habe und sahen für ihn und seine Familie eine neue Chance. Aber das sollte nicht von Dauer sein! Nach knapp drei Monaten ging er erneut fort. Zunächst schickte er seiner Mutter aus Mombasa, zwischenzeitlich aus Nairobi gelegentlich ein bisschen Geld.
Seit Grace vor eineinhalb Jahren geheiratet und mit Ayele zu ihrem Mann ins Nachbardorf gezogen ist, hat angeblich niemand mehr etwas von ihm gehört. Unklar ist, ob er sich zurzeit in Mombasa oder Nairobi aufhält."
Gudrun wendet mir den Rücken zu und ich sehe, wie ihre Gestalt zunehmend vor meinem Blick verschwimmt.

„Ich war damals sicher gewesen, nie mehr nach Kenia zurückzukehren. Deshalb wollte ich keine falschen Hoffnungen bei Ramman nähren. Doch wie du siehst, bin ich hier", mühe ich mich mit tonloser Stimme um einen Erklärungsversuch.
Langsam dreht sich Gudrun zu mir herum.
„Was wäre so schlimm daran gewesen, ihm hin und wieder zu schreiben? Vielleicht hättet ihr auf die Art nach und nach voneinander Abschied nehmen können. Oder euch wäre angesichts der auferlegten Distanz klar geworden, dass es eben doch mehr ist."
Der unterschwellige Vorwurf in ihrer Stimme ist unüberhörbar.
„Genau genommen müsste ich eher Partei für Grace ergreifen, denn immerhin ist sie Alex' Schwester. Aber das, was ich damals über Ramman erfahren hatte, war mir doch sehr unter die Haut gefahren. Er ist ein so anständiger Kerl!"
Ihre Worte treffen mich wie Pfeile und ich fühle mich abgrundschlecht!
„Was soll's?", lächelt sie mir schließlich aufmunternd zu. „Das Geschehene ist nicht mehr rückgängig zu machen. Wichtig ist nun, ihn zu finden."
„Zu wissen, wo er sich in Mombasa aufgehalten hatte, würde mir vielleicht schon weiterhelfen."
„Zumindest wäre es ein Ansatz", stimmt mir Gudrun zu. „Vielleicht kann dir seine Mutter einen brauchbaren Tipp geben. Falls du es möchtest, kann dich Alex morgen zu ihr fahren."
Damit ist das Thema „Ramman" erst einmal abgehakt.
„Und wie läuft es zwischen dir und Alex?"
„Ach, Gott", lächelt Gudrun verschmitzt, „wie soll es zwischen einem alten Ehepaar schon laufen? Klar, dass sich die Leidenschaft im Laufe der Jahre etwas abnutzt, aber so lange noch Liebe im Spiel ist, besteht keine Gefahr. Und das ist, wie es scheint, offenbar bei uns der Fall. Ja, und was die geschäftliche Seite betrifft, so gibt es auch keinen Grund zum Lamentieren. Seit mein Vater uns vor drei Jahren einen Toyota aus Deutsch-

land geschickt hatte, haben wir zusätzlich eine Zweigstelle mit zwei Taxis in Malindi. Allerdings läuft es dort nicht so gut, wie erwartet."
Nora liegt rücklings, leise schnarchend alle Viere von sich gestreckt auf dem Sofa, als Gudrun und ich uns um Mitternacht zum Schlafengehen rüsten. Sobald mich Gudrun im Gästezimmer in die Handhabung der Petroleumlampe auf einem der Nachtschränkchen zu beiden Seiten des Doppelbettes eingewiesen hat, elektrischen Strom gibt es noch immer nicht, geht sie ins Wohnzimmer zurück, um Nora in deren Bett zu tragen.
Irgendwann reißt mich das Kläffen der Hunde, welches jedoch alsbald in freudiges Winseln übergeht, kurzzeitig aus dem Schlaf. Jetzt ist Alex nach Hause gekommen, denke ich, bevor ich erneut hinwegdämmere.

Gudrun und Alex sitzen bereits am Frühstückstisch, als ich die sonnenüberflutete Terrasse betrete. Alex erhebt sich zu unserer Umarmung.
„Ich freue mich sehr, dich wiederzusehen."
Unterdessen zwängt sich Nora an uns vorbei.
„Guten Morgen, Nora. Hast du gut geschlafen?", begrüße ich sie.
„Ja", lautet ihre knappe Antwort.
„Gudrun hat mir erzählt, warum du nach Kenia gekommen bist. Leider habe ich für dich auch keine Nachrichten über Ramman. Aber wenn du möchtest, können wir heute in sein Dorf fahren. Vielleicht wissen seine Mutter oder Rose etwas. Tyrese und Julinha aufzusuchen, erübrigt sich."
„Warum?"
„Sie leben beide schon seit ein paar Jahren mit ihren Männern in der Nähe von Malindi, haben somit also keinen unmittelbaren Kontakt mehr zur Familie."
Nach dem Frühstück verabschiede ich mich von Gudrun.

„Ich lasse noch einmal von mir hören, bevor ich nach Deutschland zurückfliege."
„Das hoffe ich! Und, Steffi, ich wünsche dir viel Erfolg!"
„Danke, gute Wünsche kann ich gar nicht genug bekommen. Auf Wiedersehen, Nora."
„Auf Wiedersehen, Tante Steffi", erwidert sie in glockenklarem Deutsch.

Nach einem Zwischenstopp im Hotel steige ich in khakifarbenem, knöchellangem Leinenrock und weißer, kofferfrischer Bluse erneut in Alex' Taxi. In meiner Umhängetasche habe ich ein T-Shirt für Rose und ein Päckchen Kaffee für Mama verstaut.
Kurz nachdem wir das Hotel hinter uns gelassen haben, biegt Alex auf den holprigen, in rote Erde gestampften Pfad ein. Obwohl Alex nur Schritttempo fährt, werden wir im Wagen unsanft hin und her geschüttelt. Der Wald, welchen wir gerade passieren, kommt mir lichter und niedriger vor, als vor fünf Jahren.
Offenbar gleichzeitig bemerken wir den quer liegenden Ast, denn Alex stoppt abrupt den Wagen.
„Siehst du das?", fragt er, fast flüsternd, mit seinem Zeigefinger in Richtung des Weges vor uns weisend. „Eine Schlange!"
Augenblicklich vermeine ich, jedes einzelne, sich aufrichtende, feine Härchen auf meinen Armen zu spüren.
„Was nun?", flüstere ich zurück.
„Wir warten. Sie ist gleich weg."
Langsam voranschlängelnd gräbt das armstarke, grau-braun gefärbte Reptil tiefe Spuren in den roten Sand, bis es schließlich nach und nach im dichten Pflanzengeflecht des Waldes verschwindet.
Als könne es jeden Moment wieder erscheinen, starren Alex und ich noch sekundenlang gebannt auf das undurchdringliche Grün.
„Gut, dass wir im Auto sitzen!", stelle ich erleichtert fest.

„Ja, für gewöhnlich sieht man sie um diese Tageszeit nicht. Es ist noch zu heiß. Vielleicht ist sie durch irgendetwas geschreckt ... wie sagt man?"
„Aufgeschreckt worden", beende ich seinen Satz.
„Genau."
Im Schleichtempo, achtsam rundum spähend, setzen wir unsere Fahrt schließlich fort.
Sobald der Wald hinter uns liegt, erkenne ich die riesigen, das Dorf umgebenden Baobab-Bäume. Alex stellt den Nissan am Dorfrand ab und wir gehen die wenigen Meter bis zum Dorfplatz zu Fuß. Mama und Rose sitzen Bohnen waschend vor Rammans Haus. Rose bemerkt mich zuerst und erhebt sich mit einem Lächeln des Wiedererkennens. Das fünfzehnjährige Mädchen ist zu einer schönen, jungen Frau mit schulterlangen, klein geflochtenen Zöpfen herangewachsen. Wir umarmen einander und Rose sagt etwas auf Swahili, das ich nicht verstehe. Ohne ihre Arbeit zu unterbrechen, bedenkt Mama Alex und mich lediglich mit einem kurzen Nicken. Deutlich spüre ich die Feindseligkeit in ihrem Blick. Bemüht, sie zu verstehen, bin ich dennoch tief verletzt.
Im Schatten der Giebelseite des Hauses setze ich mich auf die flache Holzbank zu Alex und Rose. Zunächst versucht Alex noch, Roses sprudelnden Redefluss sofort zu übersetzen, kapituliert jedoch kurze Zeit später.
„Entschuldige, Steffi. Ich unterhalte mich erst mit Rose, später erzähle ich dir, was ihr zu Rammans Aufenthalt bekannt ist."
Während die beiden verhalten miteinander debattieren, ruht mein Blick gedankenverloren auf dem dichten Unterholz unweit des Hauses.
Zunächst an eine Täuschung glaubend, nehme ich mit anwachsender Deutlichkeit wahr, wie sich, geduckt und ängstlich nach allen Seiten spähend, eine abgezehrte Gestalt mit struppigem Haar durch das Wirrwarr der Zweige kämpft. Erst

als sich jene, nun in aufrechter Haltung, zielstrebig auf uns zu bewegt, realisiere ich, dass es sich um eine Frau handelt. Eine zur Hälfte verzehrte Banane in der Hand bleibt sie vor mir stehen und streckt mir die andere Hand bettelnd entgegen. Dürftig bekleidet und schmutzstarrend, den irren Blick auf mich gerichtet, grinst sie mit zahnlosem Mund.
Augenblicklich springt Rose auf. Einen Schritt auf die Frau zugehend, fällt sie mit einer lautstarken Schimpfkanonade über diese her, mit aus-gestrecktem Arm in Richtung des Dickichts weisend. Sofort sind drei weitere Frauen zur Stelle, welche die Irre vor sich her schubsend in den Wald abdrängen. Sekunden später ist die Frau gleich einer Fata Morgana verschwunden, lautlos wie sie erschienen war. Zutiefst geschockt blicke ich zu Alex, der offenbar gerade eine Erklärung bei Rose sucht.
Von ihrem ersten Ehemann, dem sie nach dreijähriger Ehe kein Kind geboren hatte, aus dem Haus geworfen, lebte sie einige Monate bei ihren Eltern, bis ein weiterer Mann um ihre Hand anhielt. Sie war eine schöne, von den Männern begehrte junge Frau. Doch auch in zweiter Ehe blieben ihr Kinder versagt. Für die Dorfbewohner das untrügliche Anzeichen einer von bösen Geistern Besessenen. Um drohendes Unheil vom Dorf fernzuhalten, blieb nur ihre Verbannung aus der Gemeinschaft. Seitdem, Rose kann sich ab etwa ihrem neunten Lebensjahr an sie erinnern, irrt die Frau durch die Wälder in der Nähe von Ansiedlungen, immer auf der Suche nach etwas Essbarem.
Als Rose endlich schweigt und keine Anstalten zur Fortsetzung ihres Redeschwalls unternimmt, wendet sich Alex mir zu. Sehr schnell erkenne ich, dass der Verbleib Rammans offensichtlich den geringsten Teil beider Unterhaltung betroffen hatte, denn in kurzen, knappen Worten teilt er mir mit, dass er eigentlich nichts Verwertbares erfahren hat. Rammans Spur verliert sich nach einer kurzzeitigen Beschäftigung in

einer kleinen Autowerkstatt in Mombasa. Da er selbst gelegentlich davon gesprochen hatte, nach Nairobi zu gehen, wäre es möglich, dass er sich derzeit dort aufhielte.
„Wie heißt die Autowerkstatt?", frage ich.
Sie hat keinen Namen. Eindringlich schaue ich Rose an.
„Weißt du wenigstens, wo in Mombasa sich die befindet?" Sie glaubt, dass es in der Nähe des Fort Jesus sei.
„Nicht sehr viel, aber immerhin ein winziger Lichtblick", sage ich zu Alex, indem ich meine Umhängetasche öffne, um das T-Shirt für Rose hervorzuziehen. Strahlend hält sich Rose das ausgebreitete, lachsfarbene T-Shirt vor die Brust. Ich finde auch, dass es ihr gut steht und bin froh, mich für eine XL-Größe entschieden zu haben.
Der Dorfplatz wimmelt inzwischen von Menschen. Einige, herumlungernd oder in hockender Stellung, beäugen mich ungeniert, andere, vorgeblich mit diversen Arbeiten beschäftigt, taxieren mich aus gelegentlichen verstohlenen Blicken.
Unter der Gruppe kichernder Mädchen versuche ich mir Ayele vorzustellen. Wahrscheinlich sieht sie dem zarten Mädchen ähnlich, welches mir gerade zulächelt.
Beim Abschied ist es Rose, die mich in die Arme schließt.
„Sie würde sich freuen, dich wiederzusehen", dolmetscht Alex.
„Wer weiß?", lächle ich.
Mama, noch immer emsig mit dem Waschen und Aussortieren des längst sauberen Gemüses beschäftigt, stelle ich das Päckchen Kaffee auf den Boden neben die mit Bohnen gefüllte Schüssel.
„Ahsante", murmelt sie kaum vernehmlich, ohne den Blick zu heben.

„Rammans Mutter mag mich nicht", sage ich, wieder im Auto, zu Alex. Er zögert.
„Du musst sie verstehen. Sie macht sich Sorgen wegen Ramman und sie glaubt, dass er nie von zu Hause weggegangen

wäre, wenn er dich nicht kennengelernt hätte. Aber glaube mir, sie ist eine gute Frau. Du musst Ramman wieder nach Hause bringen, dann wird alles gut."
Ich kann meine Tränen nicht mehr zurückhalten. Schluchzend sinke ich in mich zusammen. Alex stoppt den Wagen und berührt sacht meine Schulter.
„Weine nicht, Steffi. Es gibt keinen Grund."
„Keinen Grund?", schreie ich ihn an. „Ich weiß nicht, wo ich suchen soll. Ramman ist wie vom Erdboden verschluckt und seine Mutter behandelt mich wie den letzten Dreck!"
In uferlosem Selbstmitleid krümme ich mich, unbeherrscht heulend, auf dem Sitz zusammen. Erst als meine Kräfte allmählich nachlassen, meldet sich Alex erneut zu Wort.
„Was erwartest du? Das Leben ist nicht perfekt, aber es bietet uns immer eine Chance für Tage, die noch kommen werden. Du bist ganz am Anfang deiner Suche. Ja, vielleicht wirst du noch ein paar Tränen weinen, aber am Ende deiner Safari werden es Freudentränen sein."
Mit dem Versuch eines Lächelns frage ich: „Wie kannst du das wissen?"
„Das weiß ich, weil ich Alex bin!", übertönt er lachend das Aufheulen des Motors und ich verstehe, warum Gudrun ihn liebt. Am Schlagbaum des Hoteleingangs hält Alex hinter dem parkenden Taxi.
„Was wirst du jetzt tun?", fragt er mich.
„Ich werde versuchen, in Mombasa etwas über Ramman herauszufinden."
„Soll ich dich fahren?"
„Nein, danke, das ist zu weit. Ich glaube, es gibt organisierte Busreisen nach Mombasa. Vielleicht besteht die Möglichkeit, mich dort einzutakten."
Aus meiner Umhängetasche ziehe ich das bereits zusammengerollte Bündel Geldscheine und lege es ins Handschuhfach vor dem Beifahrersitz.

„Das ist zu viel!", wehrt Alex ab.
„Nein, es ist o. k. Sollte ich allein nicht weiterkommen, werde ich deine Hilfe möglicherweise noch einmal in Anspruch nehmen."
„Ja, das kannst du machen. Wirklich!"
Ich hieve mich aus dem tiefen Sitz des Wagens.
„Viele Grüße an Gudrun und die Kleine. Und vielen Dank, Alex!"

Der Schaukasten in der Lobby des Hotels ist zugepflastert mit zahllosen Reiseangeboten. Von mehrtägigen Safaris im Jeep oder Heißluftballon, verschiedenen Städtereisen, Fahrten mit der Dhau, bis hin zu diversen Buschtouren ist für jeden Geschmack und Geldbeutel etwas dabei.
Bei der deutschen Reiseagentur erkundige ich mich nach der Mombasatour in zwei Tagen. Ausgangspunkt dieser Stadtbesichtigung ist das Fort Jesus. Ich buche den letzten freien Platz.
Gleich nach dem Frühstück begebe ich mich, ein Handtuch und einen Packen zerfledderter Illustrierter unterm Arm, an den Pool. Da mir bezüglich weiterer Nachforschungen für heute die Hände gebunden sind und mir der Sinn nicht nach lästigen Begleitcorps am Strand steht, werde ich den Tag in der Hotelanlage verbringen. Vergeblich halte ich Ausschau nach einer freien Liege. Obwohl sich zu dieser frühen Stunde kaum jemand am Pool aufhält, sind bereits alle verfügbaren Liegen mit blauen, hoteleigenen Badetüchern belegt.
Gerade im Begriff mein Handtuch auf dem Rasen aus-zubreiten, tritt breit lächelnd ein Hotelangestellter auf mich zu.
„Baank für Ssonne?", fragt er mit starkem Akzent.
„Ja, das wäre schön!", entgegne ich in der Hoffnung, dass wir beide dasselbe meinen.
Und tatsächlich bin wenig später auch ich stolzer Besitzer des Objektes allgemeiner Begierde. Lang ausgestreckt blättere ich

lustlos in den längst überholten Zeitschriften, bis ich diese schließlich beiseitelege, um mit geschlossenen Augen meinen Gedanken freien Lauf zu lassen.

Und schon sehe ich ihn, diesen winzigen schwarzen Punkt, dort, wo der Himmel die Erde küsst. Unaufhaltsam strebt er mir entgegen. Deutlich erkenne ich wie er sich, näher kommend, auf wundersame Weise streckt, Kopf, Arme und Beine gebiert. Mein Herz frohlockt in freudiger Erwartung. Ein paar Schritte noch, dann wiegt sich sein muskulöser Körper im goldenen Schein. Schon umschmeichelt mich sein Lächeln, greift meine Hand nach ihm – in dunstiges Nichts.

Ramman, wo bist du? Wo, wenn nicht an unserem Fluss, soll ich dich finden? Ich will mein Lachen spiegeln im Schwarz deiner Augen, will meinen Hunger nach Leben stillen in deinem Arm. Die Sehnsucht zersprengt mein Herz, so nah bei dir und doch so unendlich fern.

Die Sonne steht hoch am Himmel und selbst im Schatten ist es jetzt brütend heiß. Ein leichtes Prickeln auf meiner Haut kündet von einem entstehenden Sonnenbrand. Ich setze mich auf der Liege auf. Nachdem ich den letzten Schluck aus der Wasserflasche getrunken habe, greife ich nach der vom Frühstücksbüfett mitgebrachten Banane am Boden. Soeben habe ich den ersten Streifen der Schale herabgezogen, als plötzlich von hinten eine Hand über meine Schulter schnellt und mir die Banane entreißt. Mit einem überraschten Aufschrei wende ich mich um und sehe den Dieb gerade noch wie er in Windeseile die Balkonbrüstung im zweiten Stock erklimmt. Unbehelligt in der Sicherheit des Mauersimses auf dem Hinterteil sitzend, verspeist das Kapuzineräffchen genüsslich das Innere der Frucht und lässt die Schale sodann achtlos fallen, dem schlafenden Engländer unter sich direkt auf den nackten Bauch.

Der Reisebus nach Mombasa ist tatsächlich ausgebucht bis auf den letzten Platz. Ich sitze neben einem drahtigen

Mittsechziger, der eine monströse Kamera schussbereit auf dem Schoß hält.

„Sind Sie zum ersten Mal in Kenia?", erkundigt er sich, um im selben Moment aufzuspringen. Das Objektiv seiner Kamera auf die geschlossene Scheibe gerichtet, trotzt er mit gegrätschten, durchgedrückten Beinen gekonnt den schaukelnden Bewegungen des Busses.

Ich werde, wie mit der Reiseleiterin vereinbart, beim ersten Stopp am Fort Jesus aussteigen, um mich fünf Stunden später für die Rückfahrt zum Hotel erneut dort einzufinden.

Inzwischen wiederholt sich die Szenerie entlang der Straße in ähnlicher Abfolge, sodass sich mein Banknachbar schließlich mit einem zufriedenen Lächeln entspannt auf seinen Sitz fallen lässt, die Kamera sicherheitshalber in Startposition. Seine Frage hat er längst vergessen.

Mombasa. Unschlüssig, ob ich dem Verlauf der Straße in die rechte oder linke Richtung folgen soll, stehe ich vor dem Eingang des Fort Jesus. Zuvor muss ich mich allerdings, unabhängig von meiner Entscheidung, auf die gegen-überliegende Straßenseite begeben.

Nach zwei gescheiterten Versuchen, die Straße zu überqueren, stehe ich noch immer am Fahrbahnrand und beobachte den endlos fließenden Verkehr. Ein Laster mit einer behelfsweise gesicherten Ladung massiver Baumstämme provoziert mit seiner langsamen Fahrweise ein ohrenbetäubendes Hupkonzert des nachfolgenden Konvois. Der Bus direkt hinter dem Laster setzt mehrfach zum Überholen an, kapituliert jedoch jedes Mal unter dem Druck des ununterbrochenen Gegenverkehrs.

Als sich der Bus schließlich auf meiner Höhe befindet, nehme ich im Vorüberfahren flüchtig das ernste Profil des Fahrers wahr. Unter plötzlichem breitem Lachen, offenbar durch eine Bemerkung des neben ihm stehenden jungen Mannes ausgelöst, wirft der Fahrer seinen Kopf in den Nacken. Eine

Geste, welche mich wie ein Blitz durchfährt. Befände sich auf dem kahl geschorenen Schädel eine Rastamähne, spränge ich wahrscheinlich vor den Bus, um diesen zu stoppen. So versuche ich, mich innerlich zur Ruhe zwingend, jene Begegnung lediglich als ein gutes Omen zu werten.

Um endlich auf die andere Straßenseite zu gelangen, schließe ich mich kurz entschlossen der Gruppe junger Leute an, welche sich waghalsig durch den fließenden Verkehr manövriert. Schließlich den rettenden Bürgersteig unter meinen Füßen, halte ich mich nun rechts der Straße, vorbei am „Mombasa Club" und der hohen Moschee.

Entlang der Häuserfront und winkligen Gassen suche ich nach Hinweisen auf eine versteckte Autowerkstatt. Am Government Square kehre ich um und gehe den bisher zurückgelegten Weg in umgekehrter Richtung noch einmal.

Da in diesem Teil der Altstadt nur wenige Touristen anzutreffen sind, errege ich bereits unverhohlenes Interesse. Dennoch gebe ich mit keiner Geste zu erkennen, dass ich die zwei, mich seit geraumer Zeit verfolgenden jungen Burschen längst wahrgenommen habe.

In Gedanken überschlage ich den Wert meiner mitgeführten Sachen und resümiere, nicht ohne einen Anflug von Häme, dass meine Ausbeute nach einem Überfall vermutlich für höchst enttäuschte Gesichter sorgen würde.

Ein kleiner Eckladen zieht meine Aufmerksamkeit auf sich. Auf einem Holzgestell neben der Eingangstür liegen, überschaubar angeordnet, Werkzeuge, welche, nach meinem Ermessen, durchaus zur Grundausstattung einer Autowerkstatt gehören könnten.

„Jambo!", betrete ich den Laden. Ein kleiner, verhutzelter Mann löst sich aus der Dunkelheit des Raumes.

„Jambo, Mama!", lächelt er mir mit gelben Zähnen entgegen. Mir ist längst klar, dass ich in einem Trödelladen gelandet bin und Mitleid erfasst mich mit dem kleinen Mann, der, unentwegt

lächelnd, vermutlich auf ein gutes Geschäft hofft. So gehe ich denn von Regal zu Regal, rostige Nägel, verschmierte Öllampen und eingestaubte Holzschnitzereien interessiert begutachtend. Sobald ich etwas länger vor einem Gegenstand verweile, ist er neben mir und redet in aufmunterndem Swahili auf mich ein. Bevor ich den Laden ohne einen der bizarren Artikel verlasse, stecke ich ihm ein paar Schilling in die Brusttasche seines Oberhemdes. Überrascht sieht er mich an.
„Ahsante sana."
„Kwaheri", verabschiede ich mich von ihm.
Enttäuscht ob meines Misserfolgs setze ich meinen Weg ziellos fort.
„Madaam, Madaam!", vernehme ich nach wenigen Metern die aufgeregten Rufe hinter mir.
Als ich mich umwende sehe ich den kleinen Mann hinkend auf mich zu laufen. Sein Atem geht flach, als er schließlich vor mir steht und meine Hand ergreift. Die Miniatur eines holzgeschnitzten Elefanten schmiegt sich in meine Handfläche. Gerührt blicke ich in rotgeäderte Augen.
„Ein Talisman, ahsante sana!"
Wieder gegenüber dem Fort Jesus angekommen, weite ich meinen Erkundungsgang nun linkerseits in die Ndia Kuu aus, die beiden noch immer im Schlepptau.
Vorbei an unzähligen Läden, Kneipen und Straßenhändlern, welche mich mit lauten Zurufen und überschwenglichen Gesten zum Kauf ihrer Waren zu animieren versuchen, weiß ich schon bald nicht mehr, in welcher Richtung ich noch suchen soll.
Bisher habe ich mich ausschließlich entlang der Hauptstraße bewegt, doch erscheint es mir inzwischen als wahrscheinlicher, dass sich die gesuchte Werkstatt auf irgendeinem Hinterhof befindet. Die Frage ist nur, auf welchem?
Schlagartig wird mir die Aussichtslosigkeit meines Unterfangens klar.

Meinen Blick über die Schulter richtend, bleibe ich stehen. Im selben Moment vertieft sich das Duo in eine Schaufensterauslage. Mir bleibt nur der Gang in die Offensive!
„Hi!", trete ich auf die Jungen mit einem unbefangenen Lächeln zu.
Zwei Paar Augen in irritierten Gesichtern starren mich an, bis der Kleinere einen zaghaften Schritt auf mich zu wagt.
„Hi!", erwidert er meinen Gruß mit einem schwachen Lächeln.
„Sprecht ihr Deutsch?"
Sein Lächeln verwandelt sich im Nu in breites Grinsen.
„Ein biesken."
Sodann versuche ich in einem Kauderwelsch aus Deutsch und Englisch, letzteres beherrschen beide offenkundig besser als ich, ihnen klarzumachen, wonach ich suche. Endlich scheinen beide zu verstehen und winken mir, ihnen zu folgen.
Bemüht, sie nicht aus den Augen zu verlieren, passe ich mich dem zügigen Tempo an. Bald nur noch umgeben von hohen Häuserwänden in dunklen Gassen wird mir zunehmend mulmig, als die Jungen unvermittelt durch eine schmale Toreinfahrt treten. Inmitten des Innenhofes steht ein klappriger, mit Rostflecken übersäter Pickup.
Nachdem er kurzzeitig hinter der offen stehenden Haustür verschwunden war, erscheint der Größere mit einem dicken, schwitzenden Glatzkopf. Der taxiert mich mit einem süßlichen Lächeln von Kopf bis Fuß, um alsdann den Kleineren in ein hitziges Wortgefecht zu verwickeln. Wiederholt mit dem Kopf nickend wendet sich mir der schließlich, mit gerunzelter Stirn nach passenden Formulierungen suchend, zu.
„Alles klar. Du sag Anfang, how much Schilling."
„Was, wie viel Schilling? Oh, nein!"
Sie glauben, dass ich ein Auto kaufen will.
Trotz der verfahrenen Situation pruste ich los und sorge damit für allgemeine Irritation. Angestrengt durchforste ich nun mein Hirn nach englischen Vokabeln.

War „workshop" nicht der richtige Begriff gewesen? Zu dumm, dass ich mein Reisewörterbuch nicht dabei habe! Also, gebe ich zum Thema „Autowerkstatt" eine Vorstellung in der Gebärdensprache. Beide Arme emporhebend, deute ich das Öffnen einer Motorhaube an. Sodann beuge ich meinen Oberkörper vor und drehe an diversen Luftschrauben.
Unter den gegebenen Umständen leiste ich mir sogar einen Radwechsel.

Der Kleine, offenbar der Pfiffigere von beiden, signalisiert mir mit einem Schlag der flachen Hand vor seine Stirn, dass er *nun* begriffen habe.

„Kwaheri!", verabschiede ich mich von dem verstimmt dreinschauenden Dicken, um alsdann noch tiefer in den Großstadtdschungel vorzudringen. Die Jungen sind mittlerweile unverkennbar mit Spaß und Eifer bei der Sache.

Vorbei an einem gediegenen Souvenirshop mit beeindruckendem Angebot und einer daraus resultierenden Schar kauffreudiger Touristen, biegen wir erneut in eine schmale Gasse ein. Durch eine Baulücke erkenne ich in der Ferne die Spitzen der Tusks.

Mittlerweile ohne die geringste Orientierung in welcher Richtung sich das Fort Jesus befindet, fühle ich mich meinen Stadtführern auf Gedeih und Verderb ausgeliefert.

Überraschend taucht am Ende der Gasse ein flaches, geweißtes Gebäude auf. Der an jenes angrenzende, eingezäunte Hof mit drei darauf abgestellten Pkw bietet gerade noch Raum für unabdingbare Wendemanöver.

Im ölverschmierten Overall geduckt unter der geöffneten Motorhaube hantierend, hält der Mann inne, als wir den Hof betreten. Neben dem Auto verharrend blickt er uns gespannt entgegen. Erst jetzt bemerke ich den zweiten Arbeiter in der Erdgrube, den blauen Toyota wie auf einer Hebebühne über sich.

Wenig später finde ich mich, auf einem Korbstuhl sitzend, zwischen vier lachenden, unbeschwert schwatzenden Männern wieder.

Die einen stolz, mich ans Ziel geführt zu haben, die anderen dankbar für die willkommene Unterbrechung ihrer Alltagsmonotonie, scheint niemanden zu interessieren, warum ich nach einer Autowerkstatt gesucht habe. Kofi, etwa in meinem Alter, am Strand von Malindi aufgewachsen, lässt mich keine Sekunde aus den Augen. Innerhalb weniger Minuten erfahre ich, dass er, getrennt von Frau und Kindern, in Mombasa eine schöne Wohnung besäße, welche, wie er hintergründig lächelnd hinzufügt, noch Platz für eine Frau böte.
„Warum du bist hier?", fragt er endlich.
„Kennst du Ramman Sadi Bodzun?"
Überrascht weiten sich seine Augen.
„Was du willst von Ramman?"
„Ich muss ihn finden."
Schlagartig legt sich ein verächtlicher Zug um seine Mundwinkel.
„Er nicht gut für dich."
Ramman, ungefähr sieben Monate in der Werkstatt beschäftigt, geriet regelmäßig mit seinem Arbeitgeber bei dessen gelegentlichen Stippvisiten auf dem Gelände in Streit. Auslöser dafür war der seiner Meinung nach zu geringe, in manchen Monaten gar nicht gezahlte Lohn. Irgendwann letztlich war Ramman einfach nicht mehr in der Werkstatt erschienen.
„Aber das o.k.!", beteuert Kofi. „Ramman war neu und kann noch nicht so gute Arbeit machen."
„Weißt du, wo er jetzt ist?"
Bedauernd hebt Kofi die Schultern.
„Manchmal er erzählt von Freund, arbeitet in Hotel in Nairobi. Vielleicht er ist da."
„Kennst du den Namen des Hotels?"
„Nein, nur kleine Hotel. Ich glaube, near ‚Norfolk Hotel'."
Entmutigt lehne ich mich auf meinem Stuhl zurück. Kofi, seine Chance witternd, rückt ein Stück näher zu mir heran.

„Wenn Ramman nicht will dich, du kommst zu mir. Ich warte hier."

Lachend werfe ich einen zufälligen Blick auf meine Armbanduhr und fahre im selben Augenblick erschrocken auf.

„Oh, Gott, ich muss los. Mein Bus fährt in einer halben Stunde."

Die Jungen stehen sofort neben mir. Nach einer überstürzten Verabschiedung hasten wir zu dritt auf das Hoftor zu.

„Steffi!"

Ich drehe mich um.

Im ölverschmierten Overall lächelt mir Kofi zu.

„Don't forget, I wait here!"

Schnellen Schrittes lotsen mich meine Führer durch das Labyrinth der Gassen. Dann endlich, nach knapp zwanzig Minuten, erreichen wir die Hauptstraße und ich nehme erleichtert die zwei nur wenige Meter entfernten, großen Kanonen vor dem Haupteingang des Fort Jesus wahr.

Fast ein wenig wehmütig verabschiede ich mich von den Jungens, nachdem ich ihnen einen Teil meiner geringen Barschaft vermacht habe.

„Thanks", reiche ich beiden nacheinander die Hand.

„Good luck!"

Gleich Nebelschwaden zerfließen beider Gestalt Augenblicke später im Häusermeer.

Nach einer Stunde Wartezeit sinke ich auf den letzten freien Platz im Bus, den Plan meines nächsten Reiseziels bereits im Kopf.

Die Angestellte der Reiseagentur rät mir von einer Busfahrt nach Nairobi ab, da die Straßen infolge heftiger Regenfälle momentan schwer passierbar seien.

„Voraussichtlich wird sich die Lage in zwei bis drei Tagen wieder entspannt haben."

Für mich bedeutet das erneutes, untätiges Warten.

Um die Zeit zu überbrücken, werde ich deshalb am Nachmittag mit dem Matatu nach Ukunda fahren. Einfach so, um auf vergangenen Spuren zu wandeln, wie ich mir einzureden versuche, denn insgeheim hoffe ich auf eine zufällige Begegnung, welche zu einer entscheidenden Wende bei meiner Suche führen könnte, wohl wissend, dass der Charakter des Zufalls nun mal in seiner Unberechenbarkeit liegt.

Das vor dem Hoteleingang wartende Matatu ist bereits brechend voll, als ich mich mit der Selbstverständlichkeit eines Kenianers unter die schwitzenden Passagiere mische. Wie jene weiß auch ich längst die Vorteile dieser preisgünstigen und jederzeit verfügbaren Möglichkeit der raschen Fortbewegung zu schätzen.

Die Zeit scheint in Ukunda stehen geblieben zu sein.

Wie vor fünf Jahren mit Rammah gehe ich die Hauptstraße entlang, vorbei an unzähligen Verkaufsständen und einem wartenden Wasserverkäufer. Ein Kleiderberg irgendeiner Hilfsorganisation versperrt auch jetzt den Weg. Schon von Weitem vernehme ich das Dröhnen der Bässe aus der Hochstandbar. Als Exot im schwarzen Gewimmel werde ich immer wieder mit lockeren Sprüchen in verschiedensten Sprachen angemacht.

Vor der kleinen Kneipe bleibe ich stehen, unschlüssig, ob ich diese betreten solle. Während mein Kopf noch überlegt, laufen meine Beine bereits los.

Aus den Augenwinkeln registriere ich im gedämpften Stimmengewirr die zwei unbesetzten Tische. Diesmal jedoch wasche ich mir sorgfältig die Hände über dem Waschbecken gegenüber der Eingangstür, bevor ich mich an den nächststehenden Tisch setze. Überraschend schnell erscheint der Kellner, um meine Bestellung entgegenzunehmen. Enttäuscht blicke ich in ein fremdes Gesicht und bestelle „chips", in der Hoffnung, Pommes zu bekommen.

„Big plate?", fragt er.

„No, small."

Obwohl er mir eine Gabel neben den Teller gelegt hat, benutze ich die Finger zum Essen. Stück für Stück tunke ich in den scharfen Ketchup, das Brennen gebannter Blicke auf meinem Gesicht. Ich bin sicher, dass mir jeder im Raum auf Anhieb die Anzahl meiner bisher verspeisten Pommes frites nennen könnte. Nach einem halb geleerten Teller und einem fürstlichen Trinkgeld trete ich wieder in blendendes Tageslicht.

Auf dem Weg zum Matatustand durchstöbere ich die Auslage eines Straßenhändlers auf der Suche nach einem Reise-andenken für Kathrin.

Unter den bunt durcheinanderliegenden Lederhalsbändern ziehe ich schließlich eines aus drei schmalen, dunkelbraunen Lederstreifen mit versetzt aufgereihten, blauen Perlen gefertigtes hervor und halte es in die Höhe.

„How much?", frage ich den Händler, bereits wissend, dass ich seinen Preis auf gar keinen Fall akzeptieren werde.

Letztlich treffen wir uns nach kurzem, vergnüglich ausgetragenem Feilschduell auf der Mitte und Schmuck und Schilling wechseln sodann einvernehmlich den Besitzer.

Seit nunmehr fast einer Stunde stehe ich in der Bus-warteschlange nach Nairobi. Obwohl bereits später Nachmittag, schickt die Sonne noch immer ihre sengenden Strahlen zur Erde.

Laut ausgeschriebener Abfahrtzeit hätte der Bus schon vor einer halben Stunde bereit stehen müssen.

Während ich mich umschaue, frage ich mich besorgt wie all diese Menschen samt ihrer Gepäckstücke in *einem* Bus Platz finden sollen. Es scheint sicher, dass einige die lange Fahrt nach Nairobi im Stehen verbringen werden müssen. Ich selbst habe mit lediglich zehn Leuten vor mir zumindest eine gute Startposition.

Plötzlich kommt Bewegung in die bislang apathisch verharrende Menschenmenge, als ein klappriger, hochbeiniger Bus langsam auf die Haltestelle zu rollt.

Sobald die Einstiegstür geöffnet ist, beginnt ein von lautstarken Zurufen begleitetes Schieben und Drängeln. Immer wieder pralle ich unsanft gegen Körper und kantige Gegenstände. Jedoch lässt mich die Jagd auf den unverzichtbaren Sitzplatz über mich selbst hinaus wachsen. Vehement jegliche Verdrängungsversuche abwehrend, kämpfe ich mich erfolgreich voran, bis ich schließlich auf dem Platz neben einer jungen Frau lande.

Die Frau, geschäftig mit dem Verstauen mehrerer Gepäckstücke befasst, blickt nur flüchtig auf, als ich mich zu ihr setze. Mit meiner Umhängetasche, in welcher sich neben der Kopie meines Reisepasses und einer angemessenen Summe Bargelds ein T-Shirt und ein Slip zum Wechseln sowie einige unentbehrliche Toilettenartikel befinden, verfüge ich eindeutig über ein geradezu lächerliches Kontingent an Gepäck.

Nachdem sie die kleine Kiste unter ihre Füße geschoben und zwei prall gefüllte Stoffbeutel auf ihrem Schoß platziert hat, lehnt sich die junge Frau auf ihrem Sitz zurück.

Mehrere Leute hocken im Mittelgang auf aus Kartons und Kisten umfunktionierten, notdürftigen Sitzgelegenheiten. Den gerade noch ausreichenden Platz zu meinen Füßen nutze ich, um meine Tasche abzustellen.

Nach einer dreiviertel Stunde setzt sich der Bus endlich langsam in Bewegung. Schwerfällig, von ohrenbetäubenden Hupkonzerten begleitet, kämpft er sich durch den chaotisch anmutenden Verkehr, vorbei an dem endlosen, zäh fließenden Strom aus Menschenmassen auf Bürgersteigen und Straßen. Schon kurz nachdem wir Mombasa verlassen haben, bricht die Nacht schlagartig herein. Blass-gelbe Lichtkegel tauchen aus dem Dunkel der schmalen Straße, um alsdann mit zischendem Laut an uns vorbeizuziehen.

Einige augenscheinliche Zweiräder entpuppen sich als einäugig leuchtende Automobile.

Im Bus herrscht pausenloses Schwatzen und Lachen, unter welches sich ab und an beim Durchfahren eines Schlaglochs das blecherne Scheppern mitgeführten Kochgeschirrs mischt. Froh, mich nicht an den Unterhaltungen beteiligen zu müssen, schließe ich die Augen. Erst in den frühen Morgenstunden des kommenden Tages werden wir Nairobi erreichen.
Auf einmal bereue ich, mich aufgrund einer äußerst vagen Spekulation auf diese beschwerliche, wenig Erfolg versprechende Reise begeben zu haben.
Ein schmerzhafter Schlag auf meinen Oberschenkel lässt mich aufschrecken. Benommen blicke ich auf den mit Sackband verschnürten Beutel auf meinem Schoß. Bei dem Versuch, jenen anzuheben, schießt eine Zerrung durch meinen Oberarm. Er ist unglaublich schwer! Unter dem Stoff zeichnen sich längliche Wölbungen ab, welche an die Form von Kokosnüssen erinnern.
Ich schaue zu der jungen Frau neben mir. Ihren Kopf auf die Brust gesenkt, die Arme gelöst am Körper herabhängend, schläft sie tief und fest. Der zweite auf ihrem Schoß befindliche Beutel droht ebenfalls jeden Moment von ihren aufgestellten Beinen auf mich herabzustürzen.
Vorsichtig, ihr schlafendes Gesicht beobachtend, schicke ich mich an, diesen in eine stabile Position zu rücken, als sie unverhofft auffährt. Erschrocken blickt sie mich aus schlaftrunkenen Augen an, erfasst die Situation jedoch im selben Augenblick. „Sorry", lächelt sie, indem sie den Beutel von meinem Schoß hebt und ihre Beine alsdann erneut unter dem zentnerschweren Ballast begräbt.
Wir sind bereits seit einigen Stunden unterwegs, als der Bus die Hauptstraße verlässt und an einer abgelegenen Stelle hält. Unruhe macht sich breit. Gepäckstücke werden umgestapelt und aus dem Weg geräumt, erste Fahrgäste strömen dem Ausstieg zu. Auch meine Banknachbarin macht Anstalten, sich zu erheben.
„What is?", frage ich sie beunruhigt.

„Pipi!", entgegnet sie, schelmisch lächelnd.
Tatsächlich hatte ich mich zwischenzeitlich schon gefragt, wie man eine dreizehnstündige Fahrt ohne Pinkelpause durchstehen könne, das Thema jedoch nicht weiter verinnerlicht, um meine Blase nicht unnötig an ihre ursprüngliche Bestimmung zu erinnern.
Wie alle anderen verlasse auch ich den Bus, vornehmlich, um mir die Beine ein wenig zu vertreten. Sofort umfängt mich angenehme Frische im Schwarz der Nacht, welches nur das gelegentliche, ferne Geräusch von Motoren durchdringt.
Die meisten Frauen eilen zielstrebig einem selbst im Scheinwerferlicht des Busses kaum auszumachenden Häuschen zu, während andere in unmittelbarer Nähe des Busses im Dickicht verschwinden. Ich bin froh, mich weder für die eine noch für die andere Variante entscheiden zu müssen. Infolge stundenlangen Feuchtigkeitsentzugs restlos ausgedörrt, würde mein Körper vermutlich selbst um den Erhalt eines jeden einzelnen Schweißtropfens streiten.
So drehe ich denn gemächlich Runde für Runde um den Bus, spüre, wie die kühle Luft beim Atmen meine Lungen aufbläht – und meine Blase vertraute Signale sendet!
Besorgt, den Anschluss zu verpassen, haste ich stolpernd durch die Dunkelheit, bis ich mein Ziel erreicht habe.
Mehrere Frauen warten in einer überschaubaren Schlange vor dem schiefwinkeligen Holzverschlag, um welchen herum ätzender Fäkaliengestank die Luft verpestet.
Als ich endlich hinter die windschief in den Angeln hängende Tür trete, sehe ich rein gar nichts. Vermutlich befindet sich irgendwo im Boden ein Loch, welches ausfindig zu machen vergebliche Mühe wäre. Schnell hocke ich mich nieder und bin erstaunt über das unerschöpfliche Wasserreservoir meines ausgedörrten Leibes.
Nach und nach finden sich alle wieder am Bus ein und nach einer dreiviertel Stunde gibt der Fahrer, indem er demonstra-

tiv mehrmals hintereinander den Motor aufheulen lässt, das Zeichen zur Weiterfahrt.
Nur noch ungefähr drei Stunden trennen uns von Nairobi.
Im Gegensatz zu einigen Mitreisenden, welche in akrobatischen Verrenkungen ihrem Tiefschlaf frönen, gelingt es mir, obwohl völlig übermüdet, nicht zu schlafen.
Ungehindert dringt die Kälte des nahenden Morgengrauens mit dem Fahrtwind durch die teilweise geöffneten Fenster. Fröstelnd schlinge ich die Arme um meinen Oberkörper, bedauernd, meine Strickjacke, welche ich schon in Händen gehalten hatte, als unnötigen Ballast wieder in den Schrank zurückgelegt zu haben.
Zaghaft streift ein Handrücken meinen Oberarm.
„Cold?", erkundigt sich die junge Frau neben mir anteilnehmend. Ich nicke.
Mit einer Hand die Beutel auf ihrem Schoß haltend, zieht sie mit der anderen aus der Tasche auf dem Sitz zwischen sich und dem Fenster eine knitterige Kanga. Dann reicht sie mir diese und bedeutet mit einer Bewegung ihres Arms, die Kanga über mich zu breiten.
Dankbar schmiege ich mich in das weiche Tuch und der Duft von Salzwasser, Sonnenglut, Schweiß und Erde umfängt augenblicklich meine Sinne. Auf den Schwingen der Erinnerung treibe ich davon, getragen von der verzehrenden Sehnsucht nach Ramman.
Beunruhigt setze ich mich auf. Schon wieder innerhalb weniger Augenblicke, aber diesmal deutlicher als bisher, spüre ich die kalte Nässe auf meinem Fuß. Als ich mich hinabneige, um meine Tasche anzuheben, schwappt gerade ein Wasserschwall durch den Boden in das Innere des Busses, direkt gegen meinen Knöchel.
Da sich die Tasche bereits feucht anfühlt, ziehe ich es vor, diese für den Rest der Fahrt auf meinem Schoß zu halten, und schiebe meine Füße, so weit es geht, nach hinten unter den Sitz.
Mit einem forschenden Blick durch die breite Frontscheibe des Busses erkenne ich im tastenden Lichtkegel der Schein-

werfer das Aufglitzern vereinzelter Wasserlachen, welche noch immer an die Heftigkeit der jüngsten Regenfälle in dieser Region erinnern. Unvermittelt weicht die Dunkelheit der Skyline Nairobis. Wolkenkratzer wetteifern im dichten Nebeneinander um immer neue, gigantischere Höhen, eine weiße Moschee lugt zwischen den Hochhäusern hervor. Durch hell erleuchtete Geschäftsstraßen und dunkle Gassen, vorbei an Reihen roter Telefonzellen schlängelt sich der Bus bis zur Endstation in Nähe der River Road.

Noch liegt die Nacht bleiern über der schlafenden Stadt, weshalb niemand Anstalten macht, den Bus zu verlassen. Erst als die aufgehende Sonne die dunklen Silhouetten mit Leben erfüllt, kehrt gleichsam die sprudelnde Vitalität in die Menschen zurück.

Dankend reiche ich meiner Nachbarin die zusammengefaltete Kanga und nehme ihr sodann den deckellosen Kochtopf und die kleine, mit Sackband verschnürte Holzkiste ab. Im Gegensatz zu den Beuteln ist jene erstaunlich leicht.

Sobald wir uns in den Gang geschoben haben, bewegen wir uns, eingekeilt zwischen vorwärtsstrebenden Menschen, schleppend dem Ausstieg zu.

Endlich der Enge des Busses entflohen, schaue ich mich blinzelnd auf dem Platz um, dessen Bahnsteige Scharen von Menschen mit Unmengen an Gepäck belagern. Ein Schild mit der Aufschrift „Mombasa" weist auf die nächst mögliche Abfahrtzeit um achtzehn Uhr hin.

Im mageren Schatten eines kleinen Kiosks versuche ich, der jungen Frau beim Arrangement ihrer Gepäckstücke behilflich zu sein. Eine, wie ich sofort erkenne, unnötige Hilfestellung. Im Nu balanciert sie den Turm aus Holzkiste und Emailletopf problemlos auf dem Kopf, nachdem sie sich zuvor den Trageriemen der Tasche um den Nacken gelegt hat, so dass diese nun sicher vor ihrer Brust baumelt. Die beiden schweren Beutel trägt sie jeweils mit einer Hand fest umklammert. Noch einmal lächelt mir die junge Frau zu, bevor sie der Sog des unermüdlich fließenden Menschenstroms erfasst.

Während ich dem Restaurant am Rande des Busbahnhofes zustrebe, zerreißt plötzlich der schrille Aufschrei einer Frau die Luft. Als ich mich umwende, sehe ich gerade noch einen halbwüchsigen Jungen mit einer prall gefüllten Reisetasche über der Schulter hinter einer Hauswand verschwinden. Sofort werfen zwei Männer auf der Stelle ihr Gepäck zu Boden und sprinten in Richtung des Jungen davon.

Unterdessen bildet eine Menschentraube einen Schutzwall um die verwaisten Gepäckstücke.

Kurze Zeit später erscheinen die Männer mit dem Jungen in ihrer Mitte.

Wie einen Schwerverbrecher fest an den Armen gepackt, führen sie diesen im Triumphmarsch zu der Frau, deren zurückeroberte Tasche einer der Männer zu ihren Füßen abstellt.

Nach einer sorgfältigen Inspektion des Tascheninhalts richtet sich die Frau mit einem zufriedenen Lächeln auf. Offenbar sind keine Verluste zu beklagen. Dennoch macht sie überraschend einen Schritt auf den Jungen zu und verpasst ihm unter wutverzerrtem Gesicht zwei schallende Ohrfeigen.

Zwischen den Männern wie eine Puppe unter heftigen Schimpfkanonaden noch eine Weile hin und her gestoßen, geben die den Jungen schließlich frei, welcher augenblicklich wie besessen davonrennt.

Mir tut der Junge nur so lange leid, bis er sich, in Sicherheit wähnend, noch einmal umdreht, um den Mittelfinger seiner rechten Hand in provokanter Obszönität in die Luft zu strecken, bevor er lachend im dichten Menschengetümmel untertaucht.

Das Restaurant verfügt über einen kleinen Waschraum, sodass ich mich notdürftig erfrischen und meine Wäsche wechseln kann. Dann verwandle ich das übernächtigte Gesicht im Spiegel, von dunklen Augenrändern gezeichnet, mittels blauem Eyeliner, rosa Lipgloss und einer Schicht bronzefarbenen Make-ups in eine strahlende Maske.

Während ich am Tisch neben zwei langhaarigen Blondinen auf mein Frühstück warte, sehe ich mich in dem winzigen, von Küchengerüchen durchzogenen Gästeraum um.

Von den überwiegend jungen Rucksacktouristen, deren bartstoppelige Gesichter unter zerzausten Wuschelköpfen beredtes Zeugnis von dem seit Längerem unkonventionell geführten Lebensstil ablegen, dringen englische und italienische Wortfetzen, begleitet von ohrenbetäubenden Lachsalven zu mir herüber.

Nach einer Ewigkeit, wie mir scheint, rückt der Kellner endlich ein gelbes Tablett vor mir auf dem Tisch zurecht, auf welches er gleichzeitig mit einem verbindlichen Lächeln einen Quittungsbeleg mit sorgfältig untereinander geschriebenen Ziffern legt, mich solcherart an den Preis für seine Liebenswürdigkeit erinnernd.

Der augenblicklich emporsteigende, verlockende Duft schreckt meine schlummernden Lebensgeister aus ihrer Lethargie. Ehe ich mich jedoch über das Riesenomelett mit Mangoscheiben hermache, versickert, ohne, dass ich die Flasche auch nur einmal absetze, fast ein Liter Mineralwasser in meinen ausgedörrten Eingeweiden.

Körperlich gestärkt nun auch auf einen verwertbaren Gedankenblitz hoffend, beginne ich meinen planlosen Stadtrundgang und finde mich bereits nach drei einander kreuzenden Gassen restlos orientierungslos vor dem vergitterten Fenster eines Juwelierladens wieder.

Zwar habe ich in Erfahrung bringen können, dass sich das Norfolk Hotel ungefähr zehn Fußminuten vom Stadtzentrum befindet, dennoch bleibt mir die Qual der Wahl zwischen vier Himmelsrichtungen.

Als ich das ältere, mir entgegeneilende Paar frage, weisen beide spontan in verschiedene Richtungen, um sich nach einem kurzen, temperamentvollen Disput dann doch auf eine gemeinsame zu einigen.

Fündig werde ich dennoch erst nach einem weiteren Hinweis zweier junger Mädchen.

Beim Anblick des geschichtsträchtigen, im kolonialen Stil erbauten Gebäudes verharre ich augenblicklich in ehrwürdiger Bewunderung, mich minutenlang an dessen unvergleichlichem Charme ergötzend. Bis heute zählt das Norfolk Hotel zu einem der schönsten Hotels Nairobis.

Mich schließlich meiner eigentlichen Mission besinnend, setze ich meinen Weg widerstrebend fort.

Nach eineinhalbstündigem, erfolglosem Auf und Ab, entscheide ich mich, weder enttäuscht noch verbittert, für den Abbruch meiner absurden Nachforschungen.

Vom Anbeginn meiner Reise hatte ich zu keinem Zeitpunkt ernsthaft damit gerechnet, Ramman noch einen Hinweis auf ihn in dieser Stadt zu finden. Nairobi ist nicht das Kenia Rammans. Sein Leben ist für mich nur vorstellbar am Strand von Diani Beach.

Als sei soeben eine zentnerschwere Last von mir gewichen, begebe ich mich frohgelaunt auf die River Road, mitten hinein in das pralle, afrikanische Leben. Zairemusik und Songs auf Swahili dröhnen aus den zahllosen Kneipen, Restaurants und Imbissstuben.

Umgeben von lärmender Fröhlichkeit nehme ich das schier unerschöpflich anmutende Angebot der dicht aufeinanderfolgenden Läden in Augenschein. Neben Kiondos und ockerfarbenen Kalebassen, Schnitzereien aus Holz und Speckstein, buntbedruckten Kangas, gestreiften Kikois und perlengeschmückten Ledergürteln fasziniert mich einmal mehr der farbenprächtige Perlenschmuck, welcher keinen Wunsch offen lässt.

Schon breitet der Verkäufer geschäftstüchtig Halsketten, Armbänder und Ohrringe auf dem Ladentisch vor mir aus. Sobald ich meine, das schönste Stück erkoren zu haben, lockt abermals ein weiteres in noch leuchtenderen Farben und noch imposanterem Design.

Nach endlosem Hin und Her entscheide ich mich schließlich für eine zweifach um den Hals zu schlingende Kette aus erbsengroßen, braunen, roten und weißen Holzperlen sowie für ein aus Speckstein geschnitztes, rosa Krokodil.

Um auf die gegenüberliegende Straßenseite zu gelangen, halte ich mich im Windschatten eines Mannes, der sich mit einer mit Maissäcken und Hausrat beladenen Schubkarre todesmutig den Weg durch hupende Matatus bahnt.

Von einem Hochgefühl getragen, durchstreife ich im Stadtzentrum die Boutiquen und Souvenirläden links und rechts der Kenyatta Avenue, bis ich mich pflastermüde zu einem Imbiss vor ein kleines Restaurant an der Straße flüchte.

Wie von einer Insel inmitten eines wogenden schwarzen, mit unzähligen Farbtupfern übersäten Meeres beobachte ich das vorbeiziehende Völkergemisch aus Arabern, Indern, Europäern und Afrikanern unterschiedlicher Volksgruppen Kenias. Großgemusterte, farbenprächtige traditionelle Kleidung wird mit eben dem Selbstbewusstsein getragen wie die brandheißen Kreationen der westlichen Modewelt von den das Straßenbild prägenden jungen Leuten.

Eine hoch gewachsene, in hauteng Jeans gepresste Schönheit mit hüftlangen, klein geflochtenen Zöpfen, an der Hand eines hageren, alternden Weißen, lächelt mir im Vorübergehen zu.

Nach dem Verzehr eines scharf gewürzten Fischmenüs und drei Gläsern Wasser zahle ich und folge dem unverwechselbaren, metallenen Klang, welcher vom Blechmarkt in unmittelbarer Nähe des Busbahnhofes herüberdringt.

Auch hier auf dem Markt wimmelt es nur so von Menschen. Wie in einer riesigen Werkstatt unter freiem Himmel schlagen hunderte von Hämmern auf Metall zwischen aufgetürmten Schrotthaufen ein, solcherart Bettgestelle, Kochtöpfe, Kanister, Armreifen sowie vielerlei sonstige Gerätschaften aus ausgedienten Blechen formend. Dutzende Kauflustige beäugen kritisch jene Recycling-utensilien auf der Suche nach einem lohnenden Schnäppchen.

Nahezu fließend setzt sich der ununterbrochene, blecherne Lärm als schmerzendes Hämmern in meinen Schläfen fest, weshalb ich kurzerhand meinen gerade erst begonnenen Streifzug abbreche, um dem, unter der Sonnenglut stöhnenden Markt den Rücken zu kehren.

Zwei Stunden vor der planmäßigen Abfahrt finde ich mich auf dem Busbahnhof ein. Keine Sekunde zu früh, wie die bereits beachtliche Länge der Warteschlange beweist.

Während einige aus derselben die Gelegenheit für ein kurzweiliges Picknick nutzen, lasse ich mich in Anbetracht der vor mir liegenden Wartezeit im Schneidersitz auf meiner Umhängetasche am Boden nieder.

Binnen kürzester Zeit finde ich mich in einem Gatter aus aufgetürmten Koffern, Säcken und Hausrat wieder. Aus einem ballonähnlichen, mit einem dunklen Tuch abgedeckten Korb ist hin und wieder das aufgeregte Gackern von Hühnern zu vernehmen.

Endlich, mit offenbar nur für mich nervenzerreißender, dreistündiger Verspätung, fährt der Bus, seinen unauf-haltsamen Verfall unter bunter Bemalung kaschierend, auf dem Bahnsteig ein.

Während ich mich bereits erleichtert auf meinem Fensterplatz zurücklehne, werden noch immer Gepäckstücke auf dem Dach und im Inneren des Busses gestapelt.

Gegen Mitternacht schließlich wagt der Bus ein erstes, zaghaftes Anrollen, ächzend unter der Last seiner Jahre und seines tonnenschweren Ballastes.

Unter leichten Schaukelbewegungen führt die Fahrt vorbei an flimmernder Neonreklame, durch spärlich erleuchtete

Stadtviertel, auf die Straße unter sternenlosem Himmel in Richtung Mombasa.
Im Bus herrscht schläfrige Stille. Verstohlen wage ich einen Seitenblick auf den alten Mann neben mir. Dieser weilt bereits mit zurückgeworfenem Kopf und weit geöffnetem Mund laut schnarchend in Morpheus Armen. Nur gelegentlich schreckt er durch seinen eigenen Geräuschpegel auf, um nach kurzem Räuspern erneut in seinen unterbrochenen Tiefschlaf zu sinken.
Auch ich wandle, meine Stirn an die Scheibe gelehnt, augenblicklich durch verworrene Träume.

Die Hotelanlage erscheint mir in ihrer verhaltenen Betriebsamkeit unter zart duftendem Blütenflor wie das Nirwana des Abendlandes.
Mit geschlossenen Augen lasse ich das lauwarme Wasser aus der Dusche unablässig über meinen Körper rinnen, gleichsam die gefühlte, meterdicke Staubschicht von meiner Haut spülend. Erst jetzt nehme ich meine schmerzenden Glieder wahr. Mit dem brennenden Bedürfnis mich endlich der Länge nach auszustrecken, beeile ich mich mit dem Abtrocknen und Eincremen.
Die Rasenfläche am Pool gleicht einem Heerlager unverdrossener Sonnenanbeter. Dennoch hoffe ich auf die angemessenen Quadratmeter einer Liege und lasse meinen Blick demonstrativ über die Grünfläche schweifen. Mit durchschlagendem Erfolg! Bereits Sekunden später kollidiert ein Holzrahmen schmerzhaft mit meiner Wade, während der stets präsente Hotelboy dienstbeflissen ein blaues Badetuch über die Liege breitet. Sein abschließender prüfender Blick auf sein Badetuch-arrangement lässt sein Gesicht erstrahlen, als habe er soeben in einem einzigen Handstreich den Turm des Kenyatta-Konferenz-Zentrums verhüllt.
Aus der Horizontalen beobachte ich zwei winzige Geckos, welche in blitzschneller Unverdrossenheit den Stamm der sich mir entgegenneigenden Palme auf und ab hasten. Der eine tiefschwarz, der andere smaragdfarben, legen sie jeweils ein

Stück Wegs gemeinsam hinter- oder nebeneinander zurück, bis sie sich urplötzlich attackieren und in entgegengesetzte Richtungen davonstieben, um sich kurz darauf wieder in trauter Zweisamkeit zu finden. Jenes Spiel wiederholt sich immerfort, in absolut gleichem Ablauf.

„Hi, Steffi!"

„Gudrun!?"

Ich schiebe die auf meinen Oberarmen baumelnden Träger meines Badeanzugs über die Schultern, während ich mich aufrichte.

„Muss doch mal kucken, wie es sich so als Tourist im Nobelhotel leben lässt!"

„Schön wär's!", entgegne ich lachend, indem ich auf der Liege ein Stück zur Seite rücke. „Komm, setz dich zu mir."

„Wir haben Nora zur Geburtstagsfeier einer Freundin ganz in der Nähe gefahren und ich hielt die Gelegenheit für günstig, mich mal nach dem Stand deiner Nachforschungen zu erkundigen. *Gefunden* hast du Ramman ja offenbar noch nicht!?"

„Leider. Erst heute Mittag bin ich aus Nairobi zurück-gekommen. War aber alles, wie man so schön sagt, für die Katz'."

„Nairobi?", fragt Gudrun mit unüberhörbarem Erstaunen in der Stimme. „Aber du bist doch hoffentlich mit dem Zug gefahren!?"

„Nein, mit dem Bus."

„Dafür siehst du verdammt frisch aus!"

„Der Kosmetikindustrie sei Dank!"

„Nein, wirklich. Eine solche Tour hatte ich damals, als ich gerade erst ein paar Wochen in Kenia lebte, unternommen. Einmal und nie wieder!"

„Klar, 'ne Kaffeefahrt ist das nicht! Angesichts dessen, was die Leute so befördern, hat man eher das Gefühl, in einem Transporter als in einem Bus zu sitzen."

„Dazu fällt mir eine lustige Episode ein", lacht Gudrun auf, „während meiner damaligen Fahrt von Mombasa nach Nairobi stand eine Ziege im Mittelgang, die auf jede Kurve mit einem derart

herzzerreißenden Meckern reagiert hatte, dass man hätte meinen können, das jüngste Gericht sei über sie hereingebrochen." Jene stressgeplagte Ziege vor Augen, brechen wir augenblicklich in ungestümes Gelächter aus.
„Erzähle das bloß keinem deutschen Tierschützer!", bemerke ich, noch immer lachend.
„Warst du auch schon in Mombasa?", erkundigt sich Gudrun, nun wieder mit ernster Miene.
„Ja."
Ausführlich schildere ich ihr meine Erlebnisse.
„Somit glaubte ich, Kofis Mutmaßungen nachgehen zu müssen, fand jedoch nicht einmal ein annähernd zutreffendes Hotel in Nairobi, geschweige denn irgendeinen Hinweis auf Ramman", beende ich meinen Bericht.
Nachdenklich blickt Gudrun vor sich auf den Boden.
„Weißt du, Steffi, vielleicht solltest du dich nicht derartig unter Druck setzen, Ramman zu finden. Jetzt, da Alex und ich von euch beiden wissen, werden wir die Angelegenheit im Auge behalten. Schließlich kann sich Ramman nicht einfach in Luft aufgelöst haben. Ich verspreche dir, dich zu kontaktieren, sobald sich in diesem Zusammenhang irgendetwas ergeben sollte. Versuche doch einfach, dir noch ein paar schöne Tage in Kenia zu machen."
„Wahrscheinlich hast du Recht", stimme ich ihr zu, „man kann nun mal nichts übers Knie brechen. Manche Dinge brauchen einfach ihre Zeit."
„Genau so ist es,", erhebt sich Gudrun, „wir sehen uns noch einmal vor deiner Abreise, oder?"
„Auf jeden Fall!", umarme ich sie.

Nach einem fast zehnstündigen, todesähnlichen Schlaf fühle ich mich wie neu geboren.
Die einsetzende Ebbe hat den Meeresboden bereits großflächig freigelegt. Kleine Schalentiere und Korallenstücke gra-

ben sich in den spiegelglatten Schlamm. Trotz der Badeschuhe achte ich sorgsam auf jeden meiner Schritte. Zwischen Wasserpflanzen und angeschwemmtem Tang verbergen sich oftmals Seeigel mit langen, harten Stacheln und fette, ekelige Seegurken, von denen zwar keinerlei Gefahr ausgeht, welche jedoch, so man versehentlich auf sie tritt, eine weiße, extrem klebrige Substanz absondern.

„Hi, wie geht's? Hast du gefunden Ramman?"

Wie aus dem Boden gestampft, steht der Junge, den ich kurz nach meiner Ankunft kennengelernt hatte, neben mir.

„Hi! Nein, habe ich nicht."

„Das nicht schlimm", versichert er mit ernster Miene, „ich bin da."

Zwei Schritte vor mir, seinen Blick ebenfalls suchend auf den Boden gerichtet, bleibt er plötzlich stehen.

„Komm!", winkt er mir sodann.

In eine Mulde gebettet, ragen die bleistiftlangen, gleichmäßig ausgebreiteten Stacheln eines gestrandeten Seeigels aus dem seichten Wasser. Das gleißende, sich an der Wasseroberfläche brechende Sonnenlicht lässt die stachelige Kugel in tiefem Blauschwarz erstrahlen. Gebannt neige ich mich hinab, zu jenem faszinierenden Meisterwerk der Natur.

„Ich heiße Sane", sagt der Junge über mir unvermittelt. „Und du?"

„Steffi."

„Steffi? Noch nie ich habe gehört diese Name, aber jetzt ich nicht mehr vergesse."

Auf dem Rückweg zum Hotel kaufe ich ihm an dem kleinen Imbissstand eine Flasche Cola, welche er mit lockerer Selbstverständlichkeit an sich nimmt, sodass ich mich im selben Augenblick über meine Spendierlaune ärgere.

Wenig später liefert mich Sane gentlemanlike am Hotelsteg ab.

„Kommst du morgen wieder?"

„Vielleicht!"

In zunehmender Aufbruchstimmung widme ich mich am Abend widerwillig dem Sondieren meiner Sachen. Nachdem ich meinen Hartschalenkoffer mit einer Ladung dreckiger Wäsche gefüttert habe, raffe ich im Schrankfach die noch verbliebenen Mitbringsel zwischen beiden Händen zusammen und werfe sie auf das akkurat hergerichtete Doppelbett, aus deren Mitte mich die Hibiskusblütenaugen des aus weißen Badetüchern erschaffenen Schwans unverwandt anstarren.

Zwischen Keks- und Zwiebackschachteln, Kugelschreibern und zerknitterten T-Shirts purzeln vereinzelte, in buntes Papier gewickelte Bonbons. Nach einer flüchtigen Bestandsaufnahme beginne ich, am Fußende des Bettes kniend, mit der Restpostenzuteilung in drei nebeneinandergelegte Plastebeutel. Neben Gudruns Familie schließe ich Sane und den Poolboy in die engere Wahl.

Die knitterigen T-Shirts breite ich nacheinander auf die buntgemusterte Tagesdecke, um sie mit den Handflächen glatt zu streichen, bevor ich sie sorgsam zusammenfalte und in ungleicher Anzahl auf die Plastebeutel verteile.

Für den Hotelboy verfasse ich zusätzlich eine Art Schenkungsurkunde, da die Hotelangestellten vorm Verlassen der Anlage regelmäßige Taschenkontrollen, teilweise sogar Leibes-visitationen über sich ergehen lassen müssen.

Kurz vor Mitternacht leuchten die Hibiskusaugen als rote Blüten in einem mit Wasser gefüllten Aschenbecher, umhüllt der Leib des Schwans, zerfallen in ein flauschiges Badetuch, meine nackten Schultern.

Sobald ich mein Nachthemd übergestreift habe, schlüpfe ich unter das herabgelassene Moskitonetz. Aufrecht sitzend schwöre ich mit geschlossenen Augen das Bild Rammans herauf. Von Abschiedsschmerz durchdrungen nähren immer neue Visionen meine Fantasie, bis ich mich schließlich, von Müdigkeit übermannt, unter das straff gespannte Laken schiebe.

„Komm, ich will dir zeigen was!", empfängt mich Sane mittags am Strand.
In afrikanisch verwerflichem Tempo hasten wir durch den heißen Sand. Sobald wir die steile Böschung erklommen haben, biegt Sane in einen schmalen Pfad ein, welcher nach wenigen Metern in einen kleinen, kreisrunden Platz mündet. Auf jenem haben sich neben einem Dutzend Einheimischer etliche Touristen versammelt. Der Grund für diesen Menschenauflauf ist ein an einem galgenähnlichen Gestell an der Schwanzflosse aufgehängter, riesiger, schwarzer Merlin, aus dessen aufgeschlitztem Bauch Eingeweide hervorquellen, während seine Schwimmblase gigantischen Ausmaßes bereits mit rotem Staub überzogen am Boden liegt.
„Was sagst du?", strahlt mich Sane beifallheischend an.
„Ich bin beeindruckt. Einen so großen Fisch habe ich noch nie gesehen. Was passiert mit ihm?"
„Fischer teilen, jeder bekommt ein wenig. Ob selber essen oder verkaufen, das egal, aber Fleisch schmeckt gut."
Inzwischen sind zwei junge Männer in geübten Handgriffen damit beschäftigt, mittels langstieliger, blinkender Messer den Leib des Kolosses zu zerteilen, um die portionsgerechten Stücke sodann in drei bereitstehende Schüsseln zu schichten.
Allmählich schwindet, gleich dem sukzessiven Schrumpfen des Kadavers, auch das Interesse an dem Spektakel und so kehren Sane und ich mit den drei verbliebenen Touristen zurück an den Strand.
Im Schatten eines ausladenden Sonnenschirms sitzen wir an einem Zweiertisch vor der Imbissbude am Strand. Während ich nur hin und wieder an meinem Becher nippe, leert Sane seinen Zug um Zug, um diesen sofort ungeniert aus der auf dem Tisch stehenden Eineinhalb-Liter-Cola-Flasche aufzufüllen. Er weiß nicht, dass ich faktisch meine Abschiedsrunde gebe.
„Wenn du wieder zu Hause bist, du kannst einladen mich", bemerkt er zwischen zwei Schlücken leichthin.

„Das wird der liebe Gott nicht wollen!", entgegne ich lachend.
„Was?" Irritiert starrt er mich an.
„Das ist so eine Redensart. Sie bedeutet, dass ich dich ganz bestimmt *nicht* einladen werde."
„Aber ich noch nie war in Deutschland", schmollt er.
Sehr lange hält seine Verstimmung jedoch nicht an. Mit einem spitzbübischen Grinsen, welches tiefe Grübchen auf seine Wangen zaubert, versucht er nach einer Weile, meinen Satz zu rekonstruieren.
„Das wird der ... welche Gott?"
„Das wird der liebe Gott nicht wollen", wiederhole ich.
„Ja, so. Das wird der liebe Gott nicht wollen!"
Sein Gesicht erstrahlt in grenzenlosem Triumph und ich bin sicher, dass der nächstbeste deutsche Tourist von dieser Floskel heimgesucht werden wird.
Nachdem sich Sane die bis auf den letzten Tropfen geleerte Plasteflasche unter den Arm geklemmt hat, machen wir uns bummelnd auf den Rückweg zum Hotel.
„Was das in diese Tasche?", fragt er, auf den Plastebeutel in meiner Hand weisend.
„Vielleicht Geschenke für dich!?", necke ich ihn.
Ein Leuchten springt in seine Augen.
„Wirklich?"
Ich gebe ihm den Beutel.
Das Kind, welches er noch immer ist, vergisst augenblicklich die Welt um sich her. Gespannt, mit gerunzelter Stirn, die Lippen geöffnet, zerrt er die zwei T-Shirts, die handvoll Kugelschreiber, Kekse und Bonbons hervor. Jedes Teil, welches er prüfend in Augenschein nimmt, belegt er mit dem gemurmelten Kommentar: „Das gut, das ich brauche."
Selbst Kekse und Bonbons rangieren ganz oben auf der Liste der unverzichtbaren Gebrauchsgüter. Nur mit Mühe widerstehe ich dem Verlangen, diesen ansonsten so dreisten, im Augenblick jedoch unbeschreiblich anrührenden Jungen in

die Arme zu nehmen. Eine Geste, welche er, da er sich selbst als Mann sieht, vermutlich falsch interpretieren würde.
Am Hotelsteg angelangt, reiche ich ihm die Hand.
„Mach's gut, Sane, es war nett mit dir."
Ein flüchtiges Erschrecken huscht über sein Gesicht.
„Warum du sagst so was? Kommst du nicht wieder morgen?"
„Nein, in drei Tagen fliege ich nach Hause und bis dahin habe ich noch einiges zu erledigen."
„Schade. Gute Flug!"
Als ich, kurz vor der Hotelanlage, noch einmal zurückschaue, sehe ich Sane lässig neben einer Touristin schlendernd am Strand.

„Zu Familie Katarikawe, bitte!"
„Alex?", vergewissert sich der Taxifahrer.
„Ja."
Kurze Zeit später erreichen wir das Anwesen und ich bitte den Fahrer zu warten, bis ich sicher bin, jemanden anzutreffen.
Als ich mich dem Grundstück nähere, stürmt die Hundemeute wütend kläffend dem Zaun entgegen.
Mit hochgezogenen Lefzen gieren die zumeist pechschwarzen Ungeheuer danach, mich zu zerfleischen.
Nach dem vierten vergeblichen Schellen wende ich mich um.
„Keiner da!", rufe ich dem Fahrer zu.
„Vielleicht Ukunda? Ja, wir fahren Ukunda", schlägt er vor.
Das Büro, in welchem ich Gudrun antreffe, befindet sich im Erdgeschoss eines zweistöckigen Ziegelbaus. Der an der Decke rotierende Ventilator kämpft einen aussichtslosen Kampf gegen die drückende Schwüle in dem winzigen Raum.
Überrascht blickt Gudrun von ihrer Arbeit auf.
„Hi, Steffi! Dass du mich hier gefunden hast!?"
„Offenbar seid ihr bekannt wie zwei bunte Hunde!", erwidere ich lachend.

Gudrun erhebt sich, um sich sodann zwischen verstreut am Boden liegenden Ordnern hinter ihrem Schreibtisch hervorzuschlängeln.

„Du warst bestimmt schon bei uns zu Hause!?", umarmt sie mich.
„Ja, aber eure Hunde zeigten sich nicht sonderlich erfreut über meinen Besuch."
Sie schmunzelt.
„Vor Alex haben sie Respekt. Meine Anweisungen hingegen befolgen sie mitunter erst nach der zweiten Aufforderung. Würde mich nicht wundern, wenn ich eines Tages am Tor stehe und nicht in mein Haus gelassen werde. Andererseits geht es *ohne* sie nicht, denn sie sind sozusagen die afrikanische Alternative zur Alarmanlage."
Während sie zwei Stühle zurechtrückt, gehe ich den wartenden Taxifahrer bezahlen.
Je einen Becher lauwarmer Cola in der Hand, sitzen wir einander gegenüber.
„Allerhand Papier, das du zu bewältigen hast", bemerke ich mit Blick auf die sich türmenden Stapel.
„Allerdings. Ganz so unbürokratisch wie im Allgemeinen angenommen wird, geht es in Kenia keineswegs zu. Noch dazu, wenn Ausländer in Geschäfte involviert sind."
„Gut zu wissen. Demnach müssen wir uns also nicht über den deutschen Bürokratismus mokieren."
„Mit Sicherheit nicht."
„Nora ist noch in der Schule?"
„Ja. Nach Schulschluss kommt sie zu mir, sodass wir am späten Nachmittag gemeinsam mit Alex nach Hause fahren können. Aber zu dir, hattest du noch ein paar schöne Urlaubstage?"
„Wie man's nimmt! So richtig kann ich mich nicht damit abfinden, unverrichteter Dinge abzureisen."
Gudruns Hand streichelt tröstend meinen Arm.
„Steffi, es bleibt bei dem, was wir besprochen haben. Und wenn du das nächste Mal nach Kenia kommst, wirst du

bei uns wohnen. Ich hoffe, dass das sehr bald der Fall sein wird."
„Wäre schön, wenn wir uns unter glücklicheren Umständen wiederträfen!"
„Was stünde dem entgegen? ‚Die Hoffnung stirbt zuletzt!', wie es so schön heißt."
Nach einer Stunde erhebe ich mich.
„Ein paar Kleinigkeiten. Vielleicht findest du Verwendung dafür?!", lege ich den Otto-find-ich-gut-Beutel auf Gudruns Schreibtisch.
„Danke. Du müsstest doch schon mitbekommen haben, dass in Kenia selbst ein abgebranntes Streichholz noch Verwendung findet", lacht Gudrun, als wir uns voneinander verabschieden.
Auf der Fahrt zum Hotel im überfüllten Matatu überkommt mich, trotz Gudruns optimistischer Prognose, ein Gefühl tiefer Trostlosigkeit.
Morgen fliege ich, unaufschiebbar, nach Hause. Nach Hause? Mitunter wähnen wir das vollkommene Glück auf einem fernen Kontinent, folgen über tausende Meilen seinem verheißungs-vollen Ruf, um bedingungslos einzutauchen in seinen unvergänglich anmutenden Schein.
Mein Herz ist angekommen, liegt endlich vor Anker nach rastlosen Irrfahrten über sehnsuchtgeschwängerte See. Ich will bleiben, für immer bleiben und muss doch unwiderruflich geh'n.

Bereits reisefertig, den gefüllten Plastebeutel in der Hand, halte ich am Pool suchend Ausschau nach dem Boy, als der auch schon, eine Liege hinter sich herschleifend, auf mich zu läuft. Dankend winke ich ab.
„What's your name?", frage ich ihn, als er neben mir steht.
„Jak", lächelt er.
Hastig vervollständige ich das vorbereitete Schreiben: „Two T-Shirts, Shower Gel, Body Lotion and five pens for my fri-

end Jak." Darunter setze ich meinen vollen Namenszug und schiebe es sodann zwischen die Sachen im Beutel. Und auch wenn mich die Übergabe desselben auf peinliche Weise an die selbstgefällige Gönnerhaftigkeit der Erbtante aus dem Westen erinnert, springt dennoch der damit ausgelöste Freudenfunke auf mich über.

„I see you again?", blitzen seine schneeweißen Zähne.

„Maybe!", verlasse ich den Pool.

Gefangen im Rumpf des klimatisierten Busses, stirbt mit jeder zurückgelegten Meile ein Teil meiner verzweifelt am Leben gehaltenen Hoffnung, Ramman dank einer glücklichen Fügung doch noch zu finden.

Schmerzlich legt sich das Lachen der am Straßenrand winkenden Menschen auf mein Gemüt. Dieser Abschied sollte der Beginn meines Aufbruchs in ein neues Leben sein, doch finde ich mich nun begraben unter meinem eingestürzten Kartenhaus aus illusionären Träumen.

Im Flughafengebäude herrscht Hochbetrieb, was entsprechend lange Schlangen an den Abfertigungsschaltern zur Folge hat. Eine afrikanische Band stimmt mit dumpfen Trommelklängen die Passagiere des Ankunftsterminals auf ihren Urlaub ein.

Nachdem ich fast eine halbe Stunde am Check-in zugebracht habe, schlage ich nun, obwohl der Flieger erst in eineinhalb Stunden starten wird, den Weg zum Transferraum ein.

Doch plötzlich widerstrebend den letzten, unumkehrbaren Schritt aus diesem Land zu vollziehen, kehre ich auf halber Strecke um. Während ich vor dem Flughafengebäude auf und ab spaziere, hält etwa zwanzig Meter entfernt von mir ein Reisebus, welcher sogleich die noch eben ziellos herum-lungernden Kofferträger auf den Plan ruft.

Ein Erdbeerbonbon im Mund mit der Zunge hin und her schiebend, verfolge ich amüsiert den Run auf die zu erwartenden Gepäckstücke. Der Busfahrer, kahl geschoren, von durchtrainierter, muskulöser Gestalt, ist emsig damit beschäftigt, den bodenlos anmutenden Laderaum des Busses zu räumen.

Da er mir den Rücken zuwendet, sehe ich, wie ab und an ein Geldschein in der Gesäßtasche seiner Jeans verschwindet, sobald ein Fahrgast sein Gepäck in Empfang genommen hat, welches diesem wiederum sofort von einem der bereitstehenden Kofferträger entrissen wird.

Erst hinter der breiten Glasfassade des Flughafengebäudes schließt sich der Kreislauf der Gepäckübergabe.

Sobald der letzte Heimwärtsstrebende von dannen gezogen ist, umrundet der Fahrer mit prüfendem Blick auf die Räder den Bus, um sich alsdann zur Fahrerkabine zu begeben. Auf seinem Weg dorthin streift mich sein flüchtiger Blick, ein Blick aus Augen wie mit Kajal umrandet!

Vom Blitz getroffen schießt mein Herzschlag gnadenlos hämmernd in die Schläfen, ich ringe nach Luft und schwanke auf wankendem Boden.

Schon legt sich seine Hand über den Griff der Tür. Ich weiß, dass ich rufen, zu ihm laufen muss, aber ich bin stumm, meine Füße in einem Schraubstock gefangen. Im Geiste sehe ihn bereits davonfahren, all meine Hoffnung wie Staub zergehen.

Doch er hält inne. Langsam wendet er den Kopf, seinen Blick ungläubig auf mich gerichtet, sekundenlang. Dann, unwirklich wie in einem Traum, läuft er auf mich zu. Zunächst verhalten, dann immer schneller werdend.

Und endlich kann ich ihn atmen, kann ich spüren wie er mich, ganz leicht, aus meiner Fessel hebt.

„Malaika!", flüstert seine ersterbende Stimme an meinem Hals.

„Malaika!"

Als er mich wieder auf den Boden stellt, kehrt meine Stimme, noch schwach, zurück.

„Ich habe dich gefunden!"
Meine Hände haltend, mustert er, noch immer ungläubigen Blickes, mein Gesicht.
„Ich nicht kann vergessen deine Augen. Mein Herz immer sagt, Steffi kommt wieder, aber mein Kopf sagt, nein."
Gelöst schmiege ich mich in den vertrauten Duft aus Salzwasser, Sonnenglut, Schweiß und Erde.
„Bist du gekommen heute?"
„Nein, ich fliege heute zurück nach Deutschland. Ich wollte zu dir, aber du warst nicht da. Keiner weiß, wo du lebst, nicht deine Familie, niemand."
„Ich wohne in Mombasa. Ja, stimmt, lange ich war weg, aber bald ich gehe zurück nach Diani Beach."
„Das ist gut."
Der Blick auf meine Armbanduhr erinnert mich daran, dass es Zeit für den Transferraum ist. „Ich muss gehen."
„Ja, du musst gehen. Aber du kommst wieder!?"
Ein Rest von Zweifel schwingt in seiner Frage.
„Ja, ich komme wieder. Schon bald."
„Wenn du kommst, ich warte in Diani Beach."
Flammen lodern in unserer Umarmung, nach reifen Erdbeeren schmeckt unser Kuss. Mit seinem Lächeln auf meinem Gesicht verspüre ich die Leichtigkeit des Abschieds in der Gewissheit der baldigen Wiederkehr.
Tief in den Sitz gedrückt, schließe ich die Augen, während die Condor in den Himmel emporsteigt. Die Suche hat ein Ende. Ich bin angekommen. Endlich weiß ich, was ich wissen musste: Er wartet auf mich, wartet unter dem Teppich aus duftigem Weiß.

Wort- und Sachregister

Ahsante sana = vielen Dank
Askari = Wildhüter
Hakuna = kein; nicht
Hakuna matata = kein Problem
Jambo = hallo / guten Tag
Kanga = bunt bedrucktes Baumwolltuch; wird von Kenianerinnen sowohl als Rock als auch als Kopftuch getragen
Kenyatta-Konferenz-Zentrum = Gebäude mit 100 Meter hohem mächtigem Turm; Wahrzeichen Nairobis
Kikoi = von Männern um die Hüfte geschlungenes Tuch
Kiondos = aus Sisal geflochtene, mit einem Lederriemen versehene Einkaufskörbe
Kwaheri = Auf Wiedersehen
Malaika = Engel
Matatu = Sammeltaxi
Mzungu = Weißer
Nakupenda = ich liebe dich
Pole = langsam
Tusks = Wahrzeichen Mombasas; 2 Paar aus Aluminium bestehende Stoßzähne, die sich über der Moi Avenue kreuzen
Ugali = fester Brei aus Maniok und Kochbananen; wird zu portionsgroßen Klößen geformt und mit einer würzigen Suppe serviert. Ugali wird gegessen, indem man mit Daumen, Zeige- und Mittelfinger der rechten Hand mundgerechte Bällchen formt, in die Suppe tunkt und zum Mund führt.

Die Autorin
Petra Mattick

Geboren 1950 in Rodewisch im Vogtland wuchs die Autorin in Mecklenburg auf.
Nach Beendigung der 10. Klasse der Polytechnischen Oberschule absolvierte sie verschiedene Ausbildungen (Stomatologieschwester, Industriekauffrau) und schloss erfolgreich ein fünfjähriges Fernstudium zum Ingenieur-Ökonom mit einem Hochschulabschluss ab.

Seit Januar 2006 befindet sich die Autorin im Vorruhestand.
In den siebziger und achtziger Jahren veröffentlichte sie vereinzelt Gedichte und Glossen.

Helmut Lauschke

**Sieben Geschichten
aus Namibia**
Erzählungen

Dr. Ferdinand berührte bei seiner "Fahrt" durch den Sternenhimmel, wenn auch nur sehr lose, die Arbeit am Hospital. Die Faulheit und die Angst vor Verantwortung hingen seiner Meinung nach mit der Höhlenmentalität zusammen. Es bestand ein Defizit an Wissen, das erschreckend war. Doch noch erschreckender war der Unwille, hart zu lernen, um die Wissenslücken in kürzester Zeit zu schließen. Denn das war jeder Arzt dem Patienten schuldig.

ISBN 978-3-86634-170-8   Preis: 19,80 Euro
Paperback   377 Seiten, 19,6 x 13,8 cm

Claus-Dieter Fischer

Weit ist der Weg von Afrika
Erzählung

Seine abrupte Reise nach Afrika führte zur Vermisstenanzeige und Totsagung in Deutschland. Diese Erlebnisse und das tatsächliche Leben in Afrika, vor allem Westafrika, insbesondere mit der Heirat seiner afrikanischen Frau und die gemeinsame "Flucht nach Europa" - davon berichtet der Autor in dieser Geschichte so authentisch, dass der Leser neugierig wird auf die Fortsetzung.

ISBN 978-3-86634-570-6　　　　Preis: 17,50 Euro
Paperback　　　　298 Seiten, 19,6 x 13,8 cm